Double jeu à Olympie

Si tu veux en savoir plus, tu trouveras à la fin du livre des informations sur Milon et les Jeux olympiques antiques et un glossaire.

TITRE ORIGINAL :
Falsches Spiel in Olympia

Dépôt légal : janvier 2010
ISBN : 978-2-7470-2877-6
Imprimé en Allemagne par Clausen & Bosse
Loi n°49-956 du 16 juillet 1949 sur les publications destinées à la jeunesse.

DÉTECTIVES DU TEMPS

Double jeu à Olympie

FABIAN LENK

traduit de l'allemand par
Laurence Bouvard

Illustrations intérieures de
Serge Prud'homme

bayard jeunesse

Kim, Julien, Léo et Kija, les détectives du temps

Kim l'effrontée, Léo le sportif, l'astucieux Julien et Kija, la mystérieuse chatte égyptienne, forment une petite bande qui partage un secret…

Ils possèdent la clef qui ouvre la vieille bibliothèque du monastère bénédictin Saint-Barthélemy. Au cœur de celle-ci se cache Tempus, une salle étrange qui permet de voyager dans le passé et dont le sol bat au rythme des pulsations de l'Histoire. Là se trouvent des milliers de portes, chacune s'ouvrant sur une année écoulée. En les franchissant, les trois enfants peuvent se rendre au cœur des siècles qui les fascinent, comme la Rome antique ou l'Égypte ancienne, et y élucider des affaires criminelles inexpliquées. Pour revenir dans le présent, il suffit aux voyageurs de regagner l'endroit précis de leur arrivée, et Tempus les ramène.

Kija est née à l'époque des pharaons et partage la vie des trois amis depuis leur première aventure en Égypte.

Alors que leurs expéditions durent parfois plusieurs jours, les enfants constatent, au retour, que les aiguilles de leurs montres n'ont pas bougé d'une seconde. Ainsi, personne ne sait rien des aventures secrètes des Détectives du temps.

1. Le duel

– À vos marques, prêts, partez !

D'un claquement de mains, Tebelmann, le professeur d'histoire, donna le départ de la course des 1 000 mètres des BJS[1]. Une dizaine d'élèves s'élancèrent ; parmi eux se trouvait Léo. Comme tous les ans, il visait le diplôme d'honneur récompensant le meilleur athlète. Pour cela, il devait récolter le plus grand nombre de points, remporter la course d'au-

1. Les BJS (*Bundesjugendspiele* : Jeux fédéraux pour la jeunesse) sont des rencontres sportives organisées par toutes les écoles d'Allemagne pour les élèves âgés de 8 à 19 ans, sur le modèle des Jeux olympiques. Les épreuves sont réparties en deux séries : en hiver ont lieu les compétitions de gymnastique et, au printemps, les épreuves d'athlétisme et de natation. Les participants sont évalués grâce à un système de points. Tous obtiennent un certificat de participation ; le meilleur reçoit le diplôme d'honneur (N.d.T.).

jourd'hui... et battre Marc, le tenant du titre.

– Vas-y, Léo ! Pulvérise-les ! hurlèrent Kim et Julien, assis près de la piste d'athlétisme.

Léo leur adressa un petit signe, et se concentra sur la course. Il devait veiller à respirer régulièrement, à ne pas s'emballer sur les quatre cents premiers mètres, et à surveiller Marc, qui se tenait déjà à la troisième place. Il accéléra pour se rapprocher de lui et ne le quitta plus des yeux, tout en foulant le sol à un rythme cadencé.

À la fin du premier tour, le peloton s'était dispersé. Marc était en tête, Léo juste derrière lui.

Au bout de six cents mètres, Marc avait toujours un peu d'avance. Il imposait une cadence infernale à Léo qui, presque à bout de souffle, luttait pour ne pas se laisser distancer. Il jeta un coup d'œil en arrière : personne n'avait pu les suivre, la course était désormais un duel.

Dernier virage. Léo aperçut Tebelmann sur la ligne d'arrivée. Il vit aussi Kim et Julien qui lui criaient quelque chose. Encore deux cents mètres, plus que cent...

Léo serra les dents. Son pouls s'affolait, ses muscles étaient en feu. Devant lui, Marc courait sans faiblir, d'une foulée agile et élégante. « Comment peut-il tenir une telle forme ? » se demanda Léo, qui sentait ses forces l'abandonner. S'il lâchait prise maintenant, le combat était perdu...

Non ! Il fallait tout donner. Les poings fermés, il rejeta la tête en arrière et se détacha de l'ombre de Marc. Les deux concurrents, suant à grosses gouttes, couraient à présent côte à côte. Ils échangèrent un regard et Léo lut une pointe de découragement dans les yeux de son adversaire. Le garçon comprit soudain que la victoire était à sa portée. Il fixa son but et accéléra d'un coup. Peu à peu, il parvint à doubler Marc.

– Bravo, Léo ! Bravo ! s'égosillèrent Julien et Kim.

Soudain, la fameuse ligne blanche tant espérée était là ! Léo jeta un coup d'œil de côté : Marc avait disparu ! Cette découverte lui donna des ailes. Sa fatigue s'envola, et, aussi léger qu'une plume, il franchit la ligne d'arrivée avec deux mètres d'avance.

Tebelmann arrêta son chronomètre et tapota l'épaule de Léo.

–Joli temps !

Le garçon, hors d'haleine, se contenta d'un léger hochement de tête tandis que ses amis, et même Marc, venaient le féliciter.

–Génial ! Et tu as ménagé le suspense jusqu'au bout ! s'exclama Kim dans un éclat de rire.

–J'espère que ça suffira pour obtenir le diplôme d'honneur, répondit Léo, pantelant.

Il s'allongea sur l'herbe, près de la piste, et contempla le ciel bleu immaculé de cette magnifique journée d'été.

Léo soupira :

–Vivement les Jeux olympiques ! Plus qu'une semaine avant la cérémonie d'ouverture. Je vais regarder un maximum d'épreuves à la télé… Et toutes les courses, ça, c'est certain !

–Moi aussi ! déclara Julien en s'installant près de lui. Cela dit, les jeux antiques d'*Olympie*, c'était autre chose ! De retour chez eux, les vainqueurs gagnaient d'énormes récompenses et étaient honorés comme des dieux.

– Vraiment ?

– Oui ! J'ai lu hier, quand je suis allé faire un tour à la bibliothèque du monastère Saint-Barthélemy, que le gagnant des Jeux n'avait plus jamais de soucis d'argent. La lutte était féroce, surtout pendant les courses de chars.

– Les courses de chars ? s'étonna Léo.

– Absolument, confirma Julien. En plus des épreuves d'athlétisme, comme les courses, le saut ou le disque, il y avait aussi de la lutte, de la boxe et des compétitions de chars ! Tous les moyens étaient bons pour gagner, car une deuxième ou troisième place n'avait aucune valeur.

Léo se redressa d'un coup :

– Des chevaux fumants, des athlètes célèbres comme des stars, des duels féroces ? Voilà ce qu'il me faut ! Quand part-on ?

– Tu veux rendre visite à notre Tempus adoré ? demanda Kim avec un sourire qui en disait long.

Léo hocha vigoureusement la tête.

– Minute ! Quelle année doit-on choisir pour ce voyage ? On n'en a aucune idée. Il faut qu'on cherche de la documentation, tempéra Julien.

– Tu as raison, reconnut Kim. Par contre, les gars, j'ai atelier poterie cet après-midi, l'aventure devra donc attendre dix-sept heures !

Lorsqu'ils se retrouvèrent, Kim était avec Kija, la mystérieuse chatte à l'intelligence exceptionnelle, qui bondissait, tout excitée, à ses pieds : elle avait compris qu'une nouvelle expédition magique dans le passé était au programme.

La bibliothèque avait déjà fermé ses portes, mais Julien possédait une clef de ce temple du savoir. Les trois amis se dirigèrent aussitôt vers les longs rayonnages de livres. Ils choisirent des ouvrages traitant d'Olympie et s'installèrent aux pupitres de lecture. Kija sauta sur la table de Kim, attentive à ses moindres mouvements. Le front plissé, la jeune fille se mit à lire à voix basse :

– Olympie est située dans la presqu'île grecque du *Péloponnèse*, sur la rive du fleuve *Alphée*, à douze kilomètres environ de la Méditerranée. Les Jeux en l'honneur du dieu *Zeus* avaient lieu tous les quatre ans. On lui avait érigé un temple colossal de soixante-quatre mètres de long, vingt-huit mètres de large et vingt mètres de haut, qui abritait sa statue, comptant parmi les Sept Merveilles du monde.

Kim, fascinée, admira le dessin de l'immense sculpture trônant dans une élégante salle à colonnade, puis elle reprit sa lecture :

– Des dizaines de milliers de spectateurs assistaient aux Jeux, à l'exclusion des femmes mariées : seuls les hommes, les jeunes filles et les prêtresses pouvaient voir les compétitions, qui duraient cinq jours. Le premier jour, les *athlètes* prêtaient le serment solennel de respecter les règles. Le deuxième, venaient les épreuves réservées aux enfants qui s'affrontaient à la course à pied, au saut et à la lutte. Le troisième, avaient lieu les courses hippiques. Le quatrième jour était consacré à une grande fête sacrificielle à la gloire de Zeus, et enfin, le cinquième, les sportifs se défiaient à la course, au saut, au lancer de disque, à la lutte et à la boxe[2]. Cette manifestation tenait à la fois de

2. Le déroulement des Jeux olympiques antiques fut modifié à plusieurs reprises en mille ans. Le calendrier présenté ici donne un aperçu de l'ordre des épreuves et des festivités (N.d.T.).

la foire et de l'évènement sportif de haut niveau. Il ne fallait la manquer à aucun prix !

Kim leva les yeux, stupéfaite :

– Hé ! Vous saviez qu'il existait trois autres sites où se déroulaient des compétitions sportives ?

– Non, admit Léo. Mais mon livre parle effectivement de *Delphes*, *Isthme* et *Némée*.

– Et l'athlète qui réussissait à l'emporter sur les quatre sites devenait célèbre comme une star et prenait le titre de *périodonique* ! ajouta Julien.

– Quoi ? De péritonite ? s'étonna Léo.

– Mais non, PÉ-RIO-DO-NI-QUE ! Le Superman de l'époque, en quelque sorte ! Attendez une minute...

Julien continua :

– Ils citent l'un de ces géants : Milon, un lutteur de *Crotone*, l'un des plus célèbres athlètes de l'Antiquité. Il a remporté six titres à Olympie, sept à Delphes, neuf aux Jeux néméens, et dix à Isthme. Incroyable !

Kim et Léo l'écoutaient.

– C'est dingue ! Ce type engloutissait chaque

jour dix-sept livres de viande, autant de pain, et dix litres de vin ! Et, lorsqu'il était petit, il soulevait tous les matins un veau pour entraîner ses muscles !

– Là, je pense qu'ils exagèrent ! lâcha Léo.

– Peut-être, mais j'aimerais bien voir à quoi ressemblait ce fameux Milon ! Est-ce qu'il est écrit quelque part à quelle date il a gagné à Olympie ?

Julien suivit les lignes avec son index :

– Bingo ! En 532 av. J.-C., il remporte sa première victoire aux Jeux adultes ; les précédentes datent de l'époque où il concourait dans la catégorie enfants.

– Parfait ! lança Léo. On sait précisément où et quand rencontrer le plus grand sportif de tous les temps ! Ce sera mieux que suivre n'importe quelle retransmission télévisée. On va assister aux Jeux olympiques de l'Antiquité en direct ! Vous êtes prêts, j'espère, ajouta-t-il en donnant une petite bourrade à Julien.

Deux minutes plus tard, les enfants poussaient la bibliothèque derrière laquelle se cachait la porte sombre et ornée de symboles magiques de Tempus, la salle mystérieuse dont ils étaient les seuls à connaître l'existence. Au moment de l'ouvrir, Julien hésita.

– Qu'est-ce que tu as ? Pas de panique, mon vieux : ce n'est qu'une petite escapade sportive ! lança Kim avec impatience.

Julien fixa ses pieds et répondit :

– Je ne sais pas. J'ai un drôle de pressentiment…

– C'est normal ! On se sent toujours bizarre en approchant de Tempus !

Et elle le tira dans la pièce. Ils eurent l'impression de ne pas être les bienvenus. L'habituelle lumière bleuâtre de Tempus était très foncée, presque noire, et le brouillard les désorientait. Kim regarda autour d'elle. Des milliers de portes, gravées chacune du chiffre d'une année, se succédaient le long des murs, qui paraissaient infinis. Où était l'an 532 av. J.-C. ? Sous leurs pieds, ils sentaient battre le sol au rythme du temps, comme un puissant muscle cardiaque.

Kim ferma les yeux pour écouter attentivement. Elle constata que l'atmosphère de

Tempus était très calme, alors que, d'habitude, un mélange indescriptible de bruits s'échappait des portes.

Tout à coup, des milliers de cris de joie retentirent. S'agissait-il des spectateurs du stade d'Olympie ? Kim se dirigea vers les acclamations, les garçons sur ses talons. Chaque pas dans la brume semblait les en rapprocher quand, soudain, ils virent la porte qu'ils cherchaient : 532 av. J.-C. !

Kim prit Kija sous son bras gauche. Puis, afin que Tempus puisse les emmener au bon endroit, ils se concentrèrent, main dans la main, sur Olympie, avant de basculer dans le néant.

2. Le piège

Encore tout étourdi par ce bond vertigineux dans le temps, Léo ouvrit les yeux et rencontra le regard ahuri d'un mouton. Le bêlement de l'animal le fit sursauter. Il recula d'un pas, bousculant au passage Kim et Julien. Kija poussa un feulement, auquel le ruminant répondit pour bien signifier que l'intrus, ici, ce n'était pas lui !

Kim éclata de rire :

– Bonjour l'accueil ! Décidément, Tempus ne manque pas d'originalité dans le choix de nos lieux d'arrivée ! Observons bien ce cabanon branlant, on aura besoin de le retrouver pour rentrer chez nous.

Dehors, les enfants furent éblouis par le soleil. La journée s'achevait, mais la température était encore extrêmement douce.

– Comme c'est beau ! s'écria Julien, une fois habitué à la luminosité.

Devant lui s'étendait un paysage traversé par une rivière, jalonné de collines rebondies, où alternaient pins et platanes. Des cyprès, des acacias, des figuiers et des oliviers se dressaient également de-ci, de-là, et leur parfum se mêlait à celui du thym et de l'origan sauvages.

– Regardez, là, sur la butte ! C'est le temple de Zeus ! s'écria Kim en pointant le doigt vers le nord.

Elle se souvenait des illustrations du livre d'histoire qu'elle avait consulté avant de partir.

– Et ce fleuve, c'est sûrement l'Alphée !

Léo se réjouit :

– On est bien à Olympie ! Regardez, nos vêtements se sont adaptés au climat !

Ils portaient des *chitons* blancs – de courtes tuniques de forme droite cousues aux épaules – et étaient chaussés de modestes sandales en cuir.

– Tiens, un chemin ! s'écria Julien en s'avançant.

Kija, tout excitée, bondit à ses pieds, mais tout à coup elle s'immobilisa, oreilles dressées et pupilles contractées, en fixant un petit groupe qui évoluait près d'un bosquet d'acacias.

– Que se passe-t-il ? demanda Kim.

Elle comprit vite ce qui avait éveillé la curiosité de la chatte : deux coureurs, auxquels un homme à cheval criait des ordres, approchaient.

Léo haussa les sourcils :

– Vous croyez qu'ils s'entraînent pour les Jeux ?

– Pas le cavalier, en tout cas ! répondit Julien.

– C'est peut-être leur instructeur… Vous avez vu la taille du grand ? Il est impressionnant !

Les enfants s'étaient engagés sur le sentier ; les sportifs arrivaient face à eux. Le cavalier avait jeté sur son chiton un *himation* orné de superbes broderies, tandis que les deux autres, vêtus d'un simple pagne, couraient pieds nus. Le premier, un véritable géant au dos large et aux muscles saillants, portait une barbe noire.

Le second avait presque une tête de moins et ne semblait pas beaucoup plus âgé que les trois amis. Il était mince, avec un buste assez court et de longues jambes athlétiques.

– Plus vite, par Zeus ! À ce rythme-là, vous vous ferez doubler par les escargots le jour des compétitions !

Le visage dégoulinant de sueur, ils passèrent devant Kim, Léo et Julien et leur firent un petit signe de tête. Les enfants répondirent à leur salut, puis échangèrent un regard entendu :

– C'est clair, ils s'entraînent pour Olympie.

Mais comment font-ils pour tenir une telle cadence par cette chaleur ? se demanda Léo, admiratif.

Les coureurs étaient sur le point d'atteindre la lisière d'une forêt, lorsque Julien poussa un cri :

– Oh, non !

– Qu'est-ce qu'ils… ?

Kim ne put finir sa question.

– Attention, c'est un piège ! hurla Julien à l'attention du petit groupe.

Interloqués, Kim et Léo se tournèrent vers

leur ami, qui montrait un arbre du doigt en criant. Ils comprirent aussitôt : derrière le platane se tenait un archer, le visage dissimulé sous une capuche, prêt à tirer. C'était une embuscade !

Le cavalier stoppa sa monture, se retourna vers Julien, et suivit du regard la direction que le garçon lui indiquait. D'un bond, il se laissa glisser de sa selle.

– Cachez-vous ! hurla-t-il à ses compagnons.

Les trois hommes trouvèrent refuge derrière un buisson en bordure de la route.

Une flèche vibra dans l'air et manqua de peu le cheval, qui hennit et s'emballa.

Toc ! Le deuxième projectile atterrit sur le chemin poussiéreux ; le suivant s'enfonça dans le fourré où les sportifs s'étaient dissimulés. Un cri de douleur retentit.

– Assassin ! hurla Kim à l'adresse du tireur.

Ce dernier banda à nouveau son arc. Mais, cette fois, il changea de cible : c'était Kim et ses amis qu'il visait !

– Aux abris ! cria la jeune fille en se jetant sur le bas-côté.

Ils entendirent un sifflement aigu, et la flèche se planta dans le large tronc d'un olivier qui se trouvait derrière eux. Ils n'osaient pas relever la tête et se serraient les uns contre les autres en tremblant. Deux, puis trois minutes s'écoulèrent, sans que rien ne se passe.

Léo se risqua hors de leur cachette. L'archer avait disparu !

–On s'en tire à bon compte, constata-t-il. Espérons que les athlètes n'ont rien de grave…

Ils se hâtèrent de les rejoindre.

–Par *Arès*, si jamais j'attrape ce misérable ! grogna le grand barbu lorsque les trois amis arrivèrent. Regardez, il a touché mon frère, Philanor !

L'avant-bras du jeune coureur saignait.

–Ça aurait pu être bien pire ! Heureusement, ce n'est qu'une égratignure. Avez-vous pu voir le visage de ce maudit tireur ? demanda le blessé.

–Non ! Il portait une capuche, répondirent les enfants.

–Dommage ! En tout cas, merci beaucoup de nous avoir prévenus ! déclara le cavalier.

Son petit nez pointu semblait presque incongru au milieu de son visage anguleux, au menton large et énergique.

–Je m'appelle Diotime, et voici mes fils, Milon et Philanor.

Milon ? Le cœur de Léo s'emballa.

–Le… Le célèbre Milon de Crotone ? balbutia-t-il.

Le géant se frappa la poitrine :

–Je suis ravi que vous ayez entendu parler de moi !

–Oui, c'est bien lui, confirma son père. Nous venons de Crotone pour les Jeux olympiques. Milon est un formidable lutteur ; quant à Philanor, c'est un coureur très rapide. Il prendra part aux compétitions réservées aux enfants. Moi, je participe aux courses de chars et j'entraîne mes deux champions. Et vous, qui êtes-vous ?

Julien leur livra le scénario classique, qu'ils avaient élaboré tous les trois pour répondre à ce genre de question : ayant perdu leurs parents lors d'une attaque de brigands, ils étaient à la recherche d'un travail et d'un toit.

–Hélas! pour l'instant, nous n'avons rien trouvé, conclut Kim tristement en baissant les yeux.

–Ces enfants et leur chat nous ont porté bonheur, emmenons-les! proposa Milon.

–Bonne idée! Ils pourront se rendre utiles, par exemple en s'occupant de tes chevaux, père, suggéra Philanor.

Diotime réfléchit un moment, puis finit par acquiescer:

–C'est d'accord. Chez nous, il y a toujours à faire. Mais, à présent, hâtons-nous de retourner à l'auberge. Telestas, notre médecin, doit s'occuper de la blessure de Philanor.

Tout en marchant, les enfants leur demandèrent s'ils se connaissaient des ennemis.

–Nous avons quelques rivaux, mais je ne crois quand même pas qu'ils nous en veuillent au point de nous tirer dessus! déclara Diotime.

–Prudence! Je suis sûr que cet ignoble Cleoïtas est capable de tout! rétorqua Milon.

–Qui est-ce?

–C'est un lutteur de Crotone, comme moi. Je l'ai battu aux derniers Jeux et il prétend que j'ai triché pour gagner. C'est faux, bien sûr, mais, depuis, il nous déteste, moi et les miens, expliqua Milon.

– Tu as raison… Arrachion, son frère, participe aux mêmes courses que moi. La dernière fois, je l'ai dépassé. Comme vous le voyez, nos deux familles ont toutes les raisons de se haïr. Pour Cleoïtas et Arrachion, ces Jeux sont l'occasion rêvée de prendre leur revanche. Mais on ne leur en laissera pas la possibilité, par *Héraclès* !

Léo échangea un coup d'œil entendu avec ses amis.

Tandis qu'ils se dirigeaient vers Olympie, Diotime continua d'évoquer leurs exploits sportifs. De plus en plus de marchands et de paysans, aux charrettes remplies de légumes et de céréales, avançaient sur le chemin. Ils virent également deux musiciens, l'un portant une flûte, l'autre une *cithare*, et quelques mendiants en haillons, qui marchaient en direction de la ville sacrée.

Distrait par les mille pensées qui se bousculaient dans sa tête, Léo n'écoutait pas vraiment

Diotime. Quelle chance d'avoir rencontré le célèbre Milon et sa famille, et de pouvoir les accompagner ! Il observa du coin de l'œil le robuste athlète au corps musclé. La plupart de ses adversaires devaient prendre la fuite avant même le début des compétitions ! Ce colosse mangeait-il et buvait-il autant que le disait la légende ? À le voir, on pouvait presque le croire.

Le garçon était aussi très impressionné par Philanor : il avait été autorisé à participer aux Jeux olympiques, c'était déjà en soi une belle performance !

« Pourvu que sa blessure ne le handicape pas », pensa-t-il. Le souvenir de l'attaque lui revint à l'esprit. Cleoïtas ou son frère étaient-ils les auteurs de ce guet-apens ? Avaient-ils tiré dans l'espoir de se débarrasser de leurs adversaires les plus sérieux ? Les deux frères avaient dû arriver à Olympie. Il faudrait essayer de les cuisiner, même si ça risquait d'être dangereux !

– Hé, on est là ! cria Kim, le tirant de sa rêverie.

Ils avaient atteint le mur d'enceinte. Au loin,

on distinguait le toit en marbre blanc du temple de Zeus, entouré par la cime des platanes. Devant le mur, près d'un bosquet d'oliviers, s'agglutinaient les innombrables tentes des athlètes et les modestes cabanons en bois des commerçants. Il y avait tant de marchandises qu'on aurait dit une foire géante : des anchois macérés dans du sel côtoyaient des olives, du fromage de brebis, des gâteaux au miel, sucrés et croustillants, et des saucisses salées. Des jeunes filles proposaient des gerbes de fleurs, des chaînes et des bracelets. Des bonimenteurs vantaient leurs porte-bonheur en verre, leurs sculptures en ivoire et leurs peignes en corne. Des potiers présentaient leur collection de cruches, des cordonniers louaient la qualité de leurs sandales. Deux femmes se disputaient un emplacement à l'ombre pour installer leurs corbeilles tressées.

« Cette fois, on y est… », se dit Léo, en admirant au loin le temple qui dominait le tumulte.

« Olympie, terre des jeux antiques… Ici, seule compte la première place, la seconde équivaut à une défaite… »

Oui, certains sportifs étaient visiblement prêts à tout pour savourer cette gloire. Malgré la chaleur ambiante, Léo sentit un frisson courir le long de sa colonne vertébrale.

3. Sur le fait

Les trois amis se dirigeaient déjà vers la porte du sanctuaire, lorsque Diotime les arrêta dans leur élan :

– Pas si vite ! Nous allons d'abord chez la belle Elpida.

Il leur montra un élégant bâtiment rectangulaire, à la toiture en bardeaux rouge vif, situé à proximité de la forêt de tentes.

– Qui est la belle Elpida ?

Le visage du Grec s'illumina :

– C'est la propriétaire de l'auberge... et aussi la plus jolie femme de tout Olympie !

Devant la maison se trouvait une fontaine imposante. Au milieu trônait une statue du dieu *Poséidon* armé d'un trident, d'où jaillissaient trois jets d'eau.

Un peu déçus de ne pas pouvoir pénétrer tout de suite dans l'enceinte sacrée, les enfants suivirent Diotime, qui venait de confier son cheval à un palefrenier.

– J'ai loué une écurie pour mes huit chevaux, ainsi qu'une remise pour mon char, leur expliqua-t-il en désignant un local qui ressemblait à un garage.

À l'intérieur était garé un élégant *quadrige* orné de représentations des dieux, dont Zeus, *Apollon* et *Hermès*. Une bride et d'autres accessoires étaient posés près du véhicule.

– Je vais demander que l'on prépare pour vous la chambre voisine. En échange, vous prendrez soin des chevaux, d'accord ?

– Oui, bien sûr ! s'écrièrent-ils d'une seule voix.

Ils entrèrent dans l'auberge, où la famille de Diotime occupait plusieurs vastes chambres contiguës.

– Ma parole, il est plein aux as ! murmura Léo.

Peu après, le Grec leur apprit qu'il possédait un grand vignoble à Crotone.

Ils retrouvèrent Philanor allongé sur un lit de camp, dans l'une des pièces réservées par son père. Un homme aux cheveux bouclés et à la barbe en pointe examinait sa blessure, tandis que Milon, adossé au mur, observait la scène.

En les apercevant, l'inconnu les héla :

– Bonjour, je suis Telestas, le médecin. Je suis chargé de la santé de ces athlètes et je surveille leur nutrition. Vous devez être les trois enfants qu'ils viennent de rencontrer…

– Nous ne sommes pas trois, mais quatre ! N'oubliez pas notre Kija ! le corrigea Kim, l'air malicieux, en présentant la chatte.

Telestas avait un grand nez crochu et un regard sombre, insondable mais chaleureux. Ses longs doigts soignés s'appliquaient à faire disparaître la plaie de Philanor sous un pansement.

– Vais-je pouvoir participer à la course ? lui demanda le jeune homme, inquiet.

– Bien entendu, par Zeus ! Non seulement tu prendras le départ, mais, en plus, tu seras le premier à franchir la ligne d'arrivée !

Une lueur d'espoir éclaira furtivement le regard de Philanor. Kija sauta sur le lit et se coucha en boule près du sportif, en ronronnant sous ses caresses.

– Tu peux me croire…, répéta Telestas. Tu es le meilleur de ta génération. Cela fait maintenant trente jours que j'observe tes entraînements à *Élis*, là où vous vous préparez pour les compétitions.

– Et où la sentence des *hellanodices* est tombée : la moitié des athlètes ont été renvoyés chez eux !

précisa Diotime en s'encadrant dans la porte.

Milon éclata d'un rire sonore :

– Oh oui, les arbitres ont été très sévères, cette fois !

Telestas se releva :

– Toi, Milon, tu n'as vraiment rien à craindre. Tu es le grand favori des épreuves de lutte !

– Pourquoi autant de sportifs ont-ils été éliminés d'office ? s'étonna Léo.

– Parce que leur niveau était trop faible. À Olympie, seuls les meilleurs peuvent concourir. Pour les sélectionner, les hellanodices observent leurs moindres faits et gestes pendant un mois, lui expliqua Milon.

Léo hocha la tête. Seule l'élite serait autorisée à participer…

– Bon, je vais au *Bouleutérion* déclarer l'attaque dont nous avons été victimes, annonça Diotime d'un ton grave.

– S'il te plaît, emmène-nous ! le pressa Julien, qui savait que le Bouleutérion, l'ancêtre des actuelles mairies, se trouvait tout près de l'enceinte sacrée.

– Si ça vous chante !

Ils suivirent donc le riche marchand de vin, qui bientôt reprendrait sa tenue d'*aurige*. Diotime leur donna rendez-vous près du mur un peu plus tard, et entra dans le Bouleutérion, un bâtiment en forme de U entourant une place.

Les enfants se présentèrent aux sentinelles, qui leur firent signe de passer, et ils se retrouvèrent enfin dans l'*Altis*, dominé par le gigantesque temple de Zeus.

Au même instant, Kija miaula. Julien se retourna et aperçut une ombre, qui disparut furtivement à l'angle de la porte de la ville. D'un petit sifflement, il prévint Léo et Kim et leur désigna les lieux du menton. Julien observa la scène et en déduisit que la silhouette ne pouvait pas être celle de la sentinelle, restée campée à son poste, jambes écartées.

– Que se passe-t-il ? demanda Léo.

– J'ai l'impression qu'on nous suit.

Kim déglutit péniblement :

– Tu en es sûr ?

– Quasiment. Mais est-ce vraiment nous qui l'intéressons, ou plutôt Diotime ? fit Julien en réfléchissant tout haut.

–C'est peut-être l'archer qui revient à l'attaque…, souffla la jeune fille.

Julien haussa les épaules :

–C'est possible… Il a raté son coup tout à l'heure, ne l'oublie pas.

–Il faut rester sur nos gardes et saisir la moindre occasion pour enquêter sur le fameux Cleoïtas, fit Léo.

–Bonne idée, murmura Julien.

Il leva les yeux vers le temple de Zeus. De près, sa splendeur n'en était que plus grande. Des vases en bronze dorés étaient disposés aux quatre coins du toit, et le fronton était orné de boucliers, dorés eux aussi, mais surtout de nombreuses sculptures représentant des dieux ou des scènes de combat. En dessous s'étirait une gouttière, soulignée de bandes brillantes et de têtes de lion colorées. Les *chapiteaux* sur lesquels reposait le toit étaient rouge vif. Les artistes avaient peint le milieu des colonnes en bleu mais, pour la partie basse, ils avaient laissé intact l'éclat mat et noble du marbre. Un olivier centenaire, l'arbre sacré des Grecs, poussait devant l'entrée du sanctuaire.

– Si seulement je pouvais voir l'intérieur ! Mais les portes sont fermées à double tour…, soupira Julien, incapable de s'arracher à la contemplation de cette merveille architecturale.

Les enfants étaient en admiration devant la beauté du site : plusieurs temples côtoyaient le monument dédié à Zeus, dont celui de la déesse Héra, long d'une cinquantaine de mètres, au toit recouvert de tuiles en terre cuite.

Sur une terrasse au nord s'alignait une rangée de petits édifices à colonnades, les *Trésors*, qui abritaient les précieuses offrandes à Zeus, fabriquées en bois de cèdre, en or, en argent ou en ivoire. Derrière les Trésors, on apercevait les talus bordant le stade, situé au-delà du mur protégeant l'enceinte sacrée.

Dix minutes plus tard, les trois amis retrouvèrent Diotime.

– Alors ? questionna Kim.

– J'ai parlé à un *taxiarque* et il a pris note de « l'incident », comme il a dit ! Il m'a juré qu'il allait se mettre en quête du mystérieux archer, mais je suis certain qu'il va étouffer l'affaire ! grogna Diotime.

Il eut un léger ricanement avant de poursuivre :

– Si on réfléchit bien, ce n'est pas surprenant : une telle attaque détruit la belle image de la grande fête sportive, symbole de paix !

L'aurige regagna l'auberge de fort mauvaise humeur.

– Allons dîner chez la belle Elpida, cela nous changera les idées. De plus, Milon doit être affamé. Ce garçon a toujours faim...

Il avait raison : Milon avait faim. Installé dans la grande salle à manger de la taverne, il engloutissait des quantités considérables de viande et de poisson. Ébahis, les enfants le regardèrent dévorer, en guise d'amuse-gueules, des tartines de fromage de chèvre, puis des feuilles de vigne fourrées à l'agneau et aux petits oignons, et enfin des anneaux de calamars à l'ail, le tout arrosé de grands verres de *maza*. Le colosse enfournait d'énormes bouchées et mastiquait bruyamment, tout en racontant ses glorieux exploits lors des Jeux précédents. Subjugués, les trois amis buvaient ses paroles ; Kija, installée à côté de Kim sur le banc, savourait du poisson qu'on avait disposé dans une écuelle, et semblait, elle aussi, très attentive au discours du lutteur. Mais, soudain, elle interrompit son repas pour donner plusieurs petits coups de truffe à Kim. Celle-ci, devinant que la chatte voulait la prévenir de quelque chose, inspecta le local bondé. Elle s'aperçut qu'une jeune femme d'une beauté spectaculaire venait d'entrer dans la pièce. En un instant, tous les regards convergèrent vers elle, comme s'il s'agissait d'une reine.

– C'est elle, la belle Elpida..., chuchota Diotime, en fixant avec admiration l'aubergiste qui se dirigeait vers leur table.

Elle avait un visage ovale, des pommettes saillantes et des yeux intelligents en amande. Un joli nez, court et pointu, surplombait ses lèvres pulpeuses. Ses cheveux, soigneusement relevés en un élégant chignon, étaient emprisonnés dans un filet aux mailles dorées. Elle était vêtue d'un chiton vert, tissé dans la plus fine des laines et retenu aux épaules par des boucles en or.

–Quelle joie de vous retrouver ! s'écria-t-elle en arrivant près d'eux.

Mais sa voix était froide.

Diotime leva son verre de vin :

–Nous nous réjouissons d'être ici ce soir, par *Dionysos* !

Aucun détail de la tablée n'échappait à Elpida, qui affichait un sourire hautain. Le corps de Kija se tendit lorsque les yeux perçants de la belle aubergiste se braquèrent sur elle. À la grande surprise de Kim, la chatte fit le gros dos.

–Les vainqueurs sont toujours les bienvenus chez moi ! Olympie est la cité des dieux et de la gloire. Ceux qui ont la faveur des dieux, comme toi et ton fils Milon, lors de la dernière Olympiade, peuvent être sûrs de l'emporter, déclara-t-elle.

Diotime, flatté, lui adressa quelques amabilités auxquelles Kim ne prêta aucune attention ; elle était intriguée par le comportement de Kija, qui semblait terrorisée par Elpida.

Pourquoi réagissait-elle ainsi ? L'aubergiste ne lui inspirait pas confiance, c'était évident... Kim caressa doucement le poil soyeux de la chatte, qui ne se détendit que lorsque la jeune femme les quitta pour aller saluer un convive à la table voisine. Pensive, la jeune fille en conclut que Kija flairait un danger lié à la belle Grecque.

« Mais lequel ? » se demanda-t-elle.

Peu avant minuit, Diotime et ses fils se retirèrent dans leurs quartiers. Les trois amis en firent autant. Léo, Julien et Kija s'endormirent très vite, mais Kim resta éveillée. Elle avait trop chaud et changea plusieurs fois de position sur son lit de camp, en vain ; le sommeil la fuyait. Elle finit par se lever et s'approcha de la fenêtre. On aurait dit que les grillons donnaient une aubade aux milliers d'étoiles qui illuminaient cette nuit de pleine lune. L'air était doux et saturé de senteurs épicées. Soudain, Kim plissa les paupières : une silhouette venait de se détacher de l'ombre du mur qui protégeait l'Altis.

« Étrange... », pensa-t-elle.

Le mystérieux passant se dissimula derrière la grande fontaine de Poséidon. La jeune fille resta immobile, sans oser quitter le monument des yeux. L'inconnu sortit alors de sa cachette, regarda à gauche, puis à droite, et courut en direction de l'auberge. Kim fit quelques pas en arrière pour ne pas se faire remarquer. Quelque chose ne tournait pas rond. Que voulait ce visiteur nocturne et pourquoi camouflait-il son visage sous une capuche ? Elle se pencha prudemment pour mieux voir : une femme, tenant à la main une lampe à huile, avait ouvert la porte, libérant ainsi un flot de lumière.

– Elpida ! murmura Kim.

L'aubergiste échangea quelques mots à voix basse avec son visiteur ; Kim eut beau tendre l'oreille, elle ne saisit que des bribes incompréhensibles. Seul un mot lui parvint distinctement : Milon !

Les deux Grecs disparurent ensuite à l'intérieur.

De quoi pouvaient-ils discuter à une heure si tardive ? La curiosité de la jeune fille était en éveil. Il lui était impossible de dormir à présent.

Elle quitta la chambre sur la pointe des pieds, se faufila dans le couloir qui reliait les écuries à l'auberge et s'approcha de la salle à manger. Un rai de lumière tombait sur les fines mosaïques du sol. Elle se risqua à regarder dans la pièce : l'homme, assis à une table, lui tournait le dos. Elpida posa une bourse devant lui.

Était-ce de l'argent ? Kim ne pouvait le dire avec certitude.

La belle jeune femme reçut en retour un petit paquet. L'individu hocha la tête, se leva et quitta rapidement les lieux, suivi de près par Elpida.

Kim colla son front contre le chambranle et se mit à réfléchir : la scène à laquelle elle venait d'assister ressemblait à une vente. Mais qu'avait bien pu acheter Elpida ? Et pourquoi ces cachotteries ? L'agression de Philanor lui revint en mémoire. Ces deux évènements étaient-ils liés ? Kim était perplexe. Il fallait absolument qu'elle en parle à Léo et Julien, sans perdre une minute. Elle se retourna… et se retrouva face aux yeux glacés d'Elpida, qui venait de faire irruption derrière elle !

4. La menace

Kim ouvrit la bouche, mais aucun son n'en sortit.

–Qu'est-ce que tu fabriques ici ? siffla Elpida entre ses dents.

–Je… J'allais… Enfin, je voulais…, bredouilla la jeune fille.

–Quoi ?

Le mot claqua comme un coup de fouet.

–… retourner dans ma chambre, compléta Kim.

La main droite de l'aubergiste enserra l'avant-bras de Kim comme une pince en acier.

–Attention, pas de mensonges !

–Je… Je n'arrivais pas à dormir…

Ça, au moins, c'était vrai.

–Alors, je me suis levée pour aller faire un petit tour. Rien de plus… Lâche-moi, s'il te plaît, j'ai mal !

La jeune femme libéra Kim et, plongeant son regard d'aigle dans ses yeux, sembla déchiffrer ses moindres secrets.

–Je te crois… pour cette fois du moins ! déclara-t-elle enfin d'un ton menaçant.

Kim eut à peine le temps de pousser un soupir de soulagement qu'Elpida ajouta :

–Je te préviens, je ne tolérerai pas d'être espionnée dans cette maison. Ici, la propriétaire, c'est moi. Et les murs ont des yeux et des oreilles, ne l'oublie pas ! Rien ne m'échappe, et ni toi ni personne n'est en mesure de me dissimuler quoi que ce soit, par Zeus !

Sur ces mots, elle disparut dans la pièce voisine.

Encore tout effrayée, Kim frotta son bras douloureux. Cette femme cachait quelque chose, c'était sûr. Il faudrait jouer serré pour tenter de savoir ce que contenait l'escarcelle remise par l'inconnu, et cela ne serait pas sans risque…

Après avoir pris un petit déjeuner composé de lait de chèvre, de pain, de fromage et d'olives, les trois amis se mirent au travail en suivant les indications de Milon :

– Nettoyez les stalles, puis donnez à manger et à boire aux chevaux ! Je vais m'entraîner avec mon frère. Demain, les *agons* débutent enfin et, tout à l'heure, tous les athlètes prêteront serment.

Kija se percha sur le rebord d'une fenêtre et se mit à se lécher les poils, pendant que les enfants s'affairaient tout en discutant d'Elpida. Julien réfléchit à haute voix :

– Je l'ai trouvée bizarre dès que je l'ai vue ! Elle semble si froide, si avide de pouvoir… Qu'a-t-elle acheté ? Et qui a tiré sur Milon et les siens ? Ce sont les deux questions auxquelles on doit répondre au plus vite. Commençons par essayer de mettre la main sur Cleoïtas. Il ne loge pas à l'auberge, sinon, on l'aurait déjà vu. Lui et son frère doivent être sous une de ces tentes !

– Tu n'as pas l'intention d'aller les interroger, tout de même ! Ils vont te rire au nez…, se moqua Léo.

– Non, non, par contre, je compte bien surveiller leurs allées et venues ! Si on arrive à se glisser sous leur tente sans se faire repérer et qu'on découvre, par exemple, un arc et des flèches, ce sera un indice de taille.

Ils achevèrent leur besogne un peu plus tard et, comme Milon avait disparu, ils purent parcourir le village de tentes et de baraquements, en demandant aux uns et aux autres où ils pouvaient trouver Cleoïtas et Arrachion. Malheureusement, personne ne fut en mesure de les renseigner.

– C'est normal, les athlètes viennent des quatre coins du pays. Milon et sa famille sont sûrement les seuls à savoir à quoi ressemblent Cleoïtas et son frère ! soupira Léo.

– Oh, venez voir ! s'écria soudain Kim.

Elle s'agenouilla devant l'étalage d'un céramiste pour admirer sa production. Contrairement aux nombreux marchands ambulants présents ici, l'homme possédait un vrai atelier à Olympie. Son tour de potier trônait au milieu de statues, de lampes, de vases et de cruches de toutes tailles. La terre, stockée à l'ombre d'un arbre, avait un aspect brillant et visqueux. Kim reconnut une argile grasse, particulièrement indiquée pour le modelage des petits récipients, comme elle l'avait appris à son cours de poterie.

– Que c'est beau ! s'écria-t-elle en saisissant une fine lampe à huile sur laquelle on avait représenté Apollon, le dieu de la lumière.

– Si elle t'intéresse, je peux te faire un bon prix ! lui proposa aussitôt l'artisan.

– Désolée, mais je n'ai pas de *drachmes*, répondit-elle, ennuyée.

Le commerçant haussa les épaules et se tourna vers un autre client.

L'après-midi s'écoula sans incident. Malgré leurs recherches actives, les enfants ne purent localiser Cleoïtas et Arrachion. Ils rentrèrent donc à l'auberge, où ils se rendirent utiles en graissant l'axe et la bride du quadrige de Diotime.

La journée s'achevait lorsque soudain des trompettes retentirent. Tous se ruèrent immédiatement vers l'Altis.

– Venez, il se passe quelque chose ! s'exclama Léo.

Ils suivirent la foule jusqu'à la porte de l'enceinte sacrée, puis dans la cour du Bouleutérion, où les cuivres se firent entendre de nouveau. Les enfants jouèrent des coudes jusqu'au premier rang, d'où ils purent admirer une sculpture représentant Zeus. Le dieu barbu tenait dans chaque main un éclair qu'il semblait prêt à lancer contre les spectateurs.

– Hé ho, nous sommes là ! lança une voix derrière eux.

Ils se retournèrent : Milon fendait la foule comme un navire de guerre filant sur une mer démontée, avec Diotime et Philanor dans son sillage.

– Quelle est la signification des éclairs ? demanda Julien à Philanor.

– *Zeus Horkios* punit tous les parjures. Nous, sportifs, devons promettre de respecter les règles. Celui qui viole son serment est sévèrement châtié par le dieu, déclara Philanor avec sérieux. Chut, ça commence ! ajouta-t-il en guise de conclusion.

Les athlètes défilèrent les uns après les autres devant la statue, et jurèrent d'observer à la lettre le règlement sans jamais tricher, tandis que l'assistance observait un silence absolu, quasi religieux. Puis ce fut au tour des hellanodices, dans leur vêtement pourpre, de s'engager à être impartiaux et à ne pratiquer aucun favoritisme.

La cérémonie devint alors passionnante : les arbitres tirèrent au sort les concurrents qui allaient s'affronter à la lutte, à la boxe, aux courses de chars et à toutes les autres épreuves. Chaque annonce était accueillie par des murmures dans les rangs, parfois même par des applaudissements, lorsqu'un combat particulièrement palpitant s'annonçait.

Milon se contenta d'éclater de rire lorsqu'il entendit le nom de son premier adversaire.

– Tu le connais ? lui demanda Kim, qui tenait la chatte dans ses bras en la caressant derrière les oreilles.

– Non ! Mais je me réjouis de chaque combat car je suis sûr de gagner, quel que soit mon rival ! s'écria le géant en se frappant la poitrine.

Kim hocha la tête : elle n'en doutait pas une

seconde ! Cette force de la nature semblait invincible.

Soudain, une voix forte résonna :

– Ça reste à prouver, par Zeus !

Un colosse, à peine plus petit et largement aussi musclé que Milon, les avait rejoints. Derrière lui se tenait un individu trapu, aux joues creuses, qui jetait des yeux inquiets de tous côtés, comme s'il redoutait de se faire attaquer.

– Il ne manquait que toi, Cleoïtas ! Comme c'est gentil d'avoir emmené ton frère Arrachion ! ironisa Milon, un sourire sarcastique aux lèvres.

– Tu riras moins quand je t'aurai battu et que tu ramperas sur le sol sacré d'Olympie comme une vulgaire limace ! répliqua Cleoïtas, en serrant les dents.

– Quant à toi, enchérit

Arrachion à l'adresse de Diotime, je vais te pulvériser sur le champ de courses ! Cette fois, les dieux seront de notre côté ; ils ne toléreront plus vos tricheries.

Milon, le visage empourpré de colère, serra ses énormes poings :

– Tais-toi, vermine ! Tu as toujours été un moins que rien ! Je vais te faire payer ces injures !

Il fit un pas dans leur direction, mais Diotime l'arrêta juste à temps :

– Ne les laisse pas te provoquer, ils n'en valent pas la peine ! Nous répondrons à leurs insultes le jour de la compétition !

Il eut toutes les peines du monde à éloigner son fils :

– Viens manger un morceau. Je suis sûr que tu as faim !

Cleoïtas et Arrachion les suivirent d'un regard haineux.

–Vous êtes vraiment ce qu'on appelle des ennemis jurés ! fit Léo à Philanor alors qu'ils regagnaient l'auberge.

Le jeune Grec soupira :

–Oui. Par Arès, la guerre déchire nos deux familles... Il faut dire que l'enjeu est de taille : une victoire à Olympie, c'est l'immortalité et la richesse assurées !

Les yeux de Philanor se mirent à briller :

–De retour chez lui, le vainqueur des Jeux reçoit cinq cents drachmes, c'est-à-dire deux ans de salaire d'un artisan ! Il ne paie plus jamais d'impôts, il a le couvert assuré dans une auberge pour le restant de ses jours, et une place d'honneur réservée au théâtre ! Et ce n'est pas tout... Le plus important, c'est la couronne faite avec une branche coupée sur l'olivier sacré qu'on lui remet pendant la cérémonie de clôture, et la possibilité de faire ériger une statue à son effigie devant le stade à Olympie. Un monument pour l'éternité, ça, c'est vraiment la plus belle de toutes les récompenses !

Léo se tut, impressionné. Triompher à Olympie rapportait beaucoup, c'était certain. La fortune et la gloire... Une sacrée motivation pour éliminer l'adversaire à n'importe quel prix ! Léo était de plus en plus convaincu que Cleoïtas et Arrachion étaient responsables de l'agression contre Milon et ses fils.

Après un copieux dîner chez la belle Elpida, les sportifs ne tardèrent pas à aller se coucher. Les enfants se promenèrent encore un peu entre les tentes et les cabanes, éclairées par la lumière dansante et mystérieuse des flambeaux. Rassemblés autour de feux crépitants, des hommes et des femmes chantaient en s'accompagnant de différents instruments de musique. La lune était déjà haute dans le ciel lorsque les trois amis rentrèrent à l'auberge. Soudain, alors qu'ils passaient devant la chambre de Diotime, Kija poussa un miaulement. Elle s'arrêta face à la porte, sa queue fouettant l'air nerveusement, et désigna de son petit museau une tablette rouge foncé recouverte de lettres noires, posée par terre.

Julien se baissa pour la ramasser.

Le souffle court, il lut à haute voix :

– « *Hécate* torture et tue les chevaux, puis réduit le cocher en cendres ! »

– Qu'est-ce que ça signifie ? lança Kim.

Léo déglutit avec peine :

– Interrogeons Diotime. C'est manifestement lui qui est visé…

Ils réveillèrent l'aurige, qui blêmit en découvrant le message.

– Une *défixion*…, murmura-t-il, bouleversé. Quelqu'un a fait appel aux mauvais esprits pour nous abattre, mes chevaux et moi.

De rage, il jeta la plaque, qui se brisa sur le sol.

– Cleoïtas et son frère… Ce sont eux qui ont monté ce sale coup, eux et personne d'autre !

Alarmés par le vacarme, Philanor et Milon sortirent de leurs chambres.

– Ils ont invoqué Hécate, la déesse des démons, pour me nuire ! leur expliqua Diotime, révolté.

Comme son père, Milon réagit avec indignation, mais Philanor, impressionné par la menace, resta silencieux.

–Nous n'allons pas nous laisser intimider. Contentons-nous d'ignorer tout ça et retournons dormir, décida Milon.

–Tu as raison. Il faut que je me repose, car demain, à midi, je serai sur la ligne de départ ! approuva Philanor.

Les trois athlètes se retirèrent.

–Imitons-les, suggéra Léo.

–Minute ! Voyons d'abord s'il y a des indices, répliqua Kim.

Elle ramassa les morceaux de la tablette et parvint à les assembler.

–Tu veux relever les empreintes et les faire analyser au labo ? demanda Léo, narquois.

–Ha, ha, ha ! Très drôle ! Non, mais ces bouts d'argile nous donneront peut-être une indication sur l'identité de l'expéditeur, répondit Kim en poursuivant son inspection.

Soudain un sourire fendit son visage : elle avait une piste !

5. La course de Philanor

–L'argile est maigre…, chuchota Kim.

–Pourquoi ? Elle fait un régime ?

–Léo, tes remarques vaseuses commencent vraiment à me taper sur le système ! lâcha la jeune fille en détachant bien chaque mot.

Elle lui jeta un regard en biais et poursuivit :

–Au cours de poterie à Siebenhann, on a étudié les différentes sortes d'argile. Tu vois cette surface mate et rêche ? C'est le signe d'une argile maigre. On ne l'utilise pas pour fabriquer les petits récipients, mais plutôt les plats… ou les défixions ! Le potier que nous avons rencontré cet après-midi, par exemple, travaillait avec un matériau gras, expliqua-t-elle.

–Merci pour la leçon, mais je ne vois pas où tu veux en venir ! rétorqua Léo, un peu vexé.

–Bon sang, réfléchis un peu ! Si on trouve d'où vient cette argile, on mettra peut-être la main sur l'auteur de la défixion ! Il faut montrer cet objet à notre artisan au plus vite ! fit Kim en rassemblant les morceaux de la tablette pour les emporter.

–Tu crois ? murmura Léo, peu convaincu, en tirant sur le lobe de son oreille.

–À moins que tu n'aies une meilleure idée, je suis sûre que ça vaut le coup d'essayer ! décréta Kim.

Ils se mirent en quête du céramiste dès le lendemain matin, après s'être occupés des chevaux. L'homme examina les fragments en se grattant la nuque, puis rendit son verdict :

–Non, personne n'utilise ce type d'argile à Olympie, ni à Élis. Elle est beaucoup trop granuleuse. On ne peut rien fabriquer avec une telle camelote !

Le pouls de Kim s'accéléra : elle était sur la bonne voie, elle le sentait…

–Connais-tu des villes où l'on s'en sert ?

Il haussa les épaules :

– Pas vraiment, mais je sais que des marchandises de ce genre débarquent parfois de nos colonies de l'Ouest.

– Elles peuvent venir de Crotone, alors ? s'écria Kim, tout excitée.

La ville de Crotone était située à l'ouest d'Olympie, à la pointe de la botte de l'actuelle Italie.

Le Grec hocha la tête :

– Oui, c'est possible. Des athlètes de talent sont originaires de Crotone, mais peu de belles poteries ! Maintenant, laissez-moi tranquille, j'ai du travail. Mais peut-être voulez-vous m'acheter quelque chose ?

– Non, désolée ! répondit Kim. Et elle remercia l'artisan pour ses précieuses informations.

– Eh bien, il ne faut pas regretter notre visite ! On sait maintenant que la tablette a peut-être été fabriquée à Crotone, la ville de Cleoïtas et de son frère ! se réjouit-elle.

– Tu as eu une super idée ! Mais bon, ce n'est pas une preuve formelle..., tempéra Léo.

Kim ne se laissa pas démonter :

– C'est tout de même un petit pas en avant !

– On a encore un peu de temps avant la course de Philanor, allons faire un tour ! proposa Julien.

Ils se promenèrent un moment dans l'Altis, admirèrent une fois de plus le majestueux temple de Zeus, puis revinrent dans le quartier des tentes, où l'atmosphère était encore plus survoltée que d'habitude : l'approche des épreuves réservées aux enfants, premier acte d'une longue série d'exploits sportifs, plongeait les Grecs dans la fièvre.

– Regardez, Telestas est là ! fit remarquer Léo.

Le médecin se tenait près d'un homme de haute stature, au visage sombre et fermé.

– J'ai joué quelques drachmes sur Philanor, le favori de la course ! leur cria Telestas en leur faisant signe.

– Tu as parié sur lui ? s'étonna Julien.

– Oui, grâce à mon ami Eupolos ! dit-il en désignant son voisin.

Celui-ci tapota une planchette rectangulaire, sur laquelle il avait tendu une feuille de *papyrus*.

–Les paris sont enregistrés ici ! lança-t-il.

–Comment fait-on pour miser ? demanda Julien.

–C'est très simple ! s'exclama Eupolos, qui avait une plume derrière l'oreille et un petit flacon d'encre pendu au cou. Tu joues la somme de ton choix sur un athlète. S'il gagne, tu récupères ton argent, avec un joli bonus !

–De quel montant ?

–Tout dépend du vainqueur ! Imaginons que tu mises sur Philanor. Tu ne prendrais pas de gros risques : c'est le favori ! Mais, s'il gagne, ton bénéfice sera modeste. Par contre, si tu investis sur un concurrent moins bien coté et que ce dernier l'emporte, ton gain sera beaucoup plus élevé !

–Je vois... Mais que se passera-t-il si je perds ? Tu garderas mon argent ?

–Bien entendu ! C'est mon gagne-pain, petit ! Mise sur Philanor, tu feras le bon choix ! Alors, tu suis l'exemple de Telestas : tu te lances ?

–Non, merci. Nous n'avons pas de monnaie sur nous..., se hâta de répondre Julien.

–Dans ce cas, adieu ! D'autres parieurs plus

sérieux attendent ! lâcha le bonhomme du bout des lèvres en leur tournant le dos.

– Quel grossier personnage ! chuchota Kim, qui avait pris soin de s'éloigner du médecin.

– Voulez-vous m'accompagner jusqu'à l'auberge ? Je dois veiller à ce que Philanor mange quelque chose avant la course, leur proposa Telestas avec un sourire.

Une grande agitation régnait au royaume d'Elpida : toutes les tables étaient occupées et les serveurs, les bras chargés de plateaux, s'activaient auprès des clients impatients.

Elpida, majestueuse dans sa robe vert tilleul, trônait derrière le comptoir. Immobile, elle était attentive au moindre détail et, de temps en temps, donnait des ordres à ses employés en faisant virevolter ses longs doigts délicats parés de bagues. Des fumets de rôtis et de plats épicés s'échappaient de la cuisine.

Les deux familles ennemies avaient réussi à s'éviter : d'un côté de la pièce, Diotime et sa suite formaient une grande tablée ; Cleoïtas et Arrachion étaient assis à l'autre bout.

En les observant, Julien remarqua qu'ils

scrutaient les clients les uns après les autres, comme s'ils cherchaient quelqu'un. Puis les deux hommes fixèrent Elpida.

Mille questions virevoltaient dans l'esprit de Julien : « Ces trois personnages sont-ils en contact ? Connaissent-ils l'archer, le mystérieux visiteur nocturne et l'auteur de la défixion ? Quel est leur rôle dans cette affaire ? »

Il fut tiré de ses réflexions par Milon qui mastiquait bruyamment une copieuse portion de maquereaux au thym. À l'inverse, Philanor, les traits tirés, restait figé devant une assiette froide de soupe aux légumes à laquelle il n'avait pas touché.

– Force-toi à manger ! le pressa son père.

Telestas tenta à son tour de le convaincre, mais en vain. Le jeune athlète ne pouvait rien avaler.

– Il est nerveux, soupira Diotime.

– Normal : c'est son premier *agon* ! fit Milon, la bouche pleine.

– Bois au moins quelque chose, Philanor ! insista Telestas.

Il héla l'une des serveuses, qui posa deux cruches d'eau et de vin sur leur table.

–Allez, avale ça, tu te sentiras plus léger ! ordonna le médecin en lui versant un verre d'alcool.

Au moment où le garçon allait s'exécuter, on entendit de la musique résonner dans la rue.

Léo courut à la fenêtre :

–Venez voir, c'est une procession ! Il y a des tambours, des flûtes et des cithares !

Tous les convives se précipitèrent. Une vingtaine de musiciens passèrent devant la fontaine. Ils encadraient des arbitres qui avançaient, la mine sérieuse, tandis que des jeunes filles couronnées de fleurs dansaient autour du cortège, sous les yeux admiratifs d'un public de plus en plus nombreux.

–La compétition va commencer ! Et c'est toi, mon petit frère, qui vas gagner, par Zeus ! s'exclama Milon en écrasant de son énorme main l'épaule mince de Philanor.

–Viens boire un coup, mon garçon ! fit Diotime en traînant son fils vers la table.

Philanor obéit et avala une grosse gorgée de vin. Il reposa aussitôt son gobelet en grimaçant :

–Pouah ! C'est dégoûtant !

Sa réaction fut accueillie par un concert de rires sonores.

–C'est du vin local, mon vieux ! Ici, les vignes produisent un jus un peu plus corsé que celui de notre belle Crotone ! ironisa Milon.

Philanor refusa de finir son verre.

–Il faut y aller maintenant, ordonna soudain Diotime.

Les trois amis se mêlèrent à la file de spectateurs qui se dirigeaient par milliers vers le stade. Ils passèrent devant une terrasse où l'on avait érigé plusieurs bronzes de Zeus.

–Pourquoi toutes ces statues sont-elles installées ici ? demanda Kim à Telestas.

–Ce sont les *Zanes*, expliqua le médecin. Les sculptures de la honte, si tu préfères ! Sur chacune d'elles figure le nom d'un athlète corrompu.

Julien se fit la réflexion que cela devait en dissuader plus d'un de tricher !

Soudain, Philanor les abandonna. Après un dernier regard à son père et à Milon, il rejoignit les autres concurrents et les hellanodices. Le cortège emprunta le tunnel qui conduisait au stade : dépouillé de toute fioriture, il mesurait deux cents mètres de long sur cinquante de large. Des deux côtés de la piste, de simples remblais de terre servaient de gradins et pouvaient accueillir environ quarante mille spectateurs.

Les enfants s'installèrent près de Diotime, qui s'assit au centre de l'aile gauche, près du petit autel en marbre dédié à la déesse *Déméter*, face aux tribunes réservées aux hellanodices. L'ambiance était festive : le public scandait et applaudissait des noms de sportifs, puis en sifflait d'autres. Tout à coup, un arbitre se leva et les clameurs cessèrent. Les regards se tournèrent vers la *balbis*, la ligne de départ en pierre sur laquelle s'étaient rangés les vingt athlètes.

– Philanor est au bout, à gauche ! s'écria Diotime, tout excité.

Les coureurs, le torse légèrement penché en avant, se tenaient prêts. Un musicien portant une trompette s'approcha. Il précédait un homme tenant un fouet, le *mastigophore*, dont la mission était de flageller celui qui prendrait un faux départ. Le stade était à présent silencieux.

Kim prit Kija sur ses genoux ; elle s'aperçut que tout le corps de la chatte était tendu, comme si l'animal ressentait la fièvre ambiante.

Une sonnerie de trompette donna le signal et les jeunes gens s'élancèrent. Philanor prit un bon départ et se positionna juste derrière le premier coureur. Les enfants hurlèrent son nom à pleins poumons.

Diotime se leva, imité par de nombreux spectateurs. Chacun encourageait son favori et une cacophonie assourdissante envahit le stade.

Philanor se donnait à fond : ses pieds martelaient sans relâche le sol poussiéreux et, bientôt, il rattrapa le premier coureur. Les deux sportifs atteignirent ensemble le bout de la piste et la borne en bois indiquant qu'il fallait faire demi-tour. Philanor la contourna en la serrant le plus possible, et repartit en sens inverse… Cette fois, il était en tête ! Il ne lui restait plus qu'environ deux cents mètres avant de franchir la ligne d'arrivée.

La voix de baryton de Milon recouvrit les clameurs :

– Vas-y, Philanor ! Fonce !

– Il a fait plus de la moitié de la course, il va gagner, c'est sûr ! se réjouit Léo.

Il se trompait : tout à coup, Philanor ralentit en se tenant l'abdomen à deux mains.

– Par Zeus, que se passe-t-il ? s'écria Diotime, affolé.

À hauteur de l'autel de Déméter, le jeune athlète se fit doubler une première fois, puis d'autres concurrents le devancèrent, l'abandonnant en queue de peloton.

– Oh, non, quelle catastrophe ! se désola Kim.

– Il est parti trop vite, et maintenant il est à bout de forces, ajouta Léo.

– Il a l'air d'avoir mal au ventre, enchérit Julien.

Acclamé par un public en délire, le gagnant franchit la balbis ; un peu plus tard, Philanor arriva à son tour, bon dernier…

L'hellanodice remit solennellement une palme au vainqueur sous un tonnerre d'applaudissements. Milon, le visage grave, se fraya un chemin jusqu'à Philanor, suivi par son père, Telestas et les enfants.

Le malheureux athlète était livide et pleurait à chaudes larmes. Milon l'étreignit dans ses bras puissants et murmura :

– Ne t'en fais pas, ce n'est pas grave… Tu gagneras la prochaine fois !

– Comment une telle chose a-t-elle pu se produire, après tant d'heures d'entraînement ? lâcha Diotime.

– Je suis désolé… J'ai été pris tout à coup d'une immense fatigue et de violentes crampes d'estomac…

– Allonge-toi sur l'herbe, lui ordonna Telestas.

Il palpa le ventre du garçon.

– Je ne sens rien de particulier, déclara-t-il. Quel dommage… Mais console-toi, tu n'es pas le seul à avoir échoué. Moi aussi, j'ai perdu : j'avais misé quelques drachmes sur ta victoire !

Telestas, Milon et Diotime tentèrent d'expliquer la mauvaise performance de Philanor. Ce dernier, toujours à terre, ne participait pas à la conversation mais fixait le ciel en silence.

Les épreuves s'enchaînaient : les jeunes

athlètes s'affrontèrent au javelot, à la lutte, au saut en longueur, à la boxe et au lancer du disque, puis de nouveau à la course à pied.

Julien entraîna ses amis à l'écart.

– Il y a quelque chose qui cloche dans cette histoire : Philanor démarre sur les chapeaux de roue et, pof !, sans raison, il est complètement à plat ! chuchota-t-il.

Léo haussa les sourcils et déclara :

– Moi, je vous dis qu'il est parti trop vite... Il est jeune et n'a pas encore assez d'expérience pour savoir doser sa course !

– Tu dois avoir raison. Mais pourquoi cette fatigue soudaine ? demanda Julien.

– Oui, et ce mal de ventre ? ajouta Kim.

Julien claqua des doigts :

– Le vin !

– Quoi, le vin ?

– Juste avant le départ, il a bu une gorgée de vin, vous vous rappelez ? Et il s'est plaint de son goût infect...

– Tu penses que quelqu'un a versé quelque chose dans son verre ? Du poison peut-être ? s'exclama Kim en écarquillant les yeux.

– Oui, et je sais même à quel moment : lorsque les musiciens sont passés devant la fontaine et que tous les clients de l'auberge se sont précipités à la fenêtre. Plus personne ne prêtait attention à ce qui se passait à table ! Philanor n'a pas tout bu : j'irais bien examiner son gobelet…

– Bonne idée ! Telestas pourra nous aider : il est médecin, il doit s'y connaître en poison.

Sur ces mots, ils coururent à l'auberge.

6. Une preuve disparaît

Julien ouvrit prudemment la porte. Ils avaient de la chance : la vaisselle sale avait été abandonnée telle quelle par les serveurs, partis assister aux compétitions. La pièce était déserte.

Kija bondit sur la table autour de laquelle la famille de Milon s'était assise pour déjeuner et fila droit sur le verre de Philanor. Elle en flaira le contenu d'un air affairé, puis poussa un miaulement ravi.

Léo attrapa le gobelet et le sentit à son tour, en fermant les yeux.

–Alors ? fit Kim

–Je crois bien qu'il y a de la valériane[3], là-dedans !

3. La valériane est une plante aux propriétés calmantes et sédatives (N.d.T.).

– Donne !

Kim approcha son nez du liquide et s'écria aussitôt :

– Mais oui, c'est de la valériane ! On l'appelle aussi l'herbe aux chats, parce que les matous en raffolent ! Voilà pourquoi Kija a eu l'air tout excitée !

– Pauvre Philanor, il pouvait se sentir mal pendant la course : il était drogué ! C'est ignoble ! s'indigna Julien.

Kim serra les poings :

– On tient enfin la preuve que des choses louches se trament ici ! Prévenons tout de suite la famille de Philanor...

Mais, alors qu'ils se précipitaient vers la porte, une voix coupante les faucha dans leur élan :

– Halte-là !

Ils se retournèrent : Elpida se tenait derrière le comptoir.

– Posez immédiatement ce verre, il m'appartient ! leur intima-t-elle.

– Pas de panique, on vous le rapporte, dit Léo. On va juste le montrer à...

L'aubergiste lui coupa la parole :

– Il reste ici, c'est compris ? Il est à moi et je ne vous laisserai pas le voler, par Zeus !

– Voler ? Mais, enfin, on n'est pas des malfaiteurs ! Ce gobelet ne nous intéresse pas ! protesta Kim.

Elpida la foudroya du regard :

– Vraiment ? Alors, explique-moi pourquoi vous étiez sur le point de l'emporter…

Kim baissa la tête. Impossible de confier leur découverte à cette femme dont ils ne pouvaient dire si elle était digne de confiance ou non.

– Ce n'est pas la première fois que je te prends la main dans le sac, petite vipère ! Tu peux t'estimer heureuse d'être au service de Diotime, sinon je t'aurais jetée dehors depuis belle lurette ! gronda la belle Grecque.

La jeune fille se redressa ; son attitude dénotait un mélange de fierté et de colère.

– Kim, je t'en prie, tais-toi ! lui souffla Léo, qui redoutait, une fois de plus, les conséquences d'une explosion verbale de son amie.

Elle se retint en se mordant les lèvres.

– Tu voulais ajouter quelque chose ? lui demanda Elpida.

Kim secoua la tête.

– Alors, c'est parfait, conclut l'aubergiste en arrachant le verre des mains de Léo.

– Hé ! Rendez-le-nous ! On en a besoin…, s'écria-t-il.

– C'est hors de question, décréta Elpida.

Elle revint vers le comptoir d'un pas vif et, avant que les enfants n'aient eu le temps de réagir, vida le reste du précieux liquide dans l'évier, sous leurs yeux consternés. Puis elle claqua plusieurs fois dans ses mains et appela ses employés, auxquels elle ordonna de débarrasser les tables. Elle se tourna ensuite vers les trois amis :

– Vous pouvez vous retirer !

Ils sortirent de l'auberge, assommés.

– Quelle poisse ! Elpida vient de détruire notre seule preuve concrète, soupira Léo.

– Je suis sûre qu'elle est mêlée à tout ça, grommela Kim, dont la fureur n'était pas retombée.

Julien n'était pas aussi catégorique.

– Peut-être voulait-elle juste reprendre son bien ? Elle a vraiment dû croire qu'on était en train de la voler.

– Ah, tu ne vas pas la défendre, tout de même ! s'insurgea Kim.

– Mais non, voyons ! J'essaie juste de rester objectif. Concentrons-nous, maintenant : qui a versé la valériane dans le vin de Philanor ?

– Quelqu'un qui n'est pas allé voir la procession, répondit Léo.

– Elpida, par exemple..., suggéra Kim.

– Tu es certaine qu'elle n'était pas à la fenêtre avec nous ?

– Non, je n'en suis pas sûre ! reconnut Kim. Mais elle est la mieux placée pour avoir ajouté le sédatif dans le verre de Philanor ! C'est elle, le suspect numéro un...

Julien tapa dans un caillou près de la fontaine de Poséidon. Le raisonnement de Kim était plausible, mais, sans preuve, il n'était qu'une simple supposition.

Tout à coup, le visage de la jeune fille s'éclaira :

– Le paquet qu'elle a reçu l'autre soir ! Il contenait peut-être la valériane !

– C'est possible… Mais, là encore, il faudrait le retrouver pour vérifier ! fit Julien.

– … ou démasquer le vendeur mystérieux, enchérit Léo. On devrait surveiller la salle à manger cette nuit, au cas où il reviendrait. Où est-ce qu'on pourrait bien se cacher ?

Il se retourna vers l'auberge, et soudain son cœur se mit à battre la chamade : le grenier ! Pourraient-ils s'y dissimuler pour espionner ce qui se passait en dessous ou, du moins, écouter les conversations ? Léo s'aperçut que sa surface couvrait non seulement la salle, mais aussi les écuries voisines près desquelles les enfants dormaient. Un grand sourire se dessina alors sur ses lèvres :

– J'ai une idée ! annonça-t-il.

7. Un visiteur nocturne

La journée s'acheva sans autre incident, les trois amis ayant finalement décidé de ne révéler à personne la présence de valériane dans le verre de Philanor.

Au dîner, ce dernier se sentait mieux, mais il restait très abattu en dépit des efforts que ses proches déployaient pour lui remonter le moral. Milon évoqua la course de son père, prévue pour le lendemain, et celui-ci se montra confiant. Un peu plus tard, Diotime se rendit à l'écurie avec les enfants pour examiner une dernière fois le quadrige, les brides et les chevaux.

–Allez dormir à présent, leur conseilla-t-il

d'un ton amical, une fois la vérification terminée.

Mais les Détectives du temps avaient bien autre chose en tête… En attendant que la nuit tombe, ils s'allongèrent sur leurs lits, se racontèrent des histoires drôles, puis jouèrent à chat perché avec Kija, tout en surveillant les allées et venues des convives à la fenêtre et par la porte du couloir. Des éclats de rire et de la musique s'échappaient de la salle à manger ; enfin, le silence gagna l'auberge. Le dernier client franchit la porte en titubant légèrement et la maisonnée s'endormit. Kim, Léo, Julien et Kija sortirent alors à pas de loup et arpentèrent l'écurie, à la lueur du clair de lune, en quête d'une échelle.

Soudain, un miaulement joyeux résonna. Léo se précipita : Kija était assise au pied d'une échelle menant au grenier.

– Bravo, princesse ! murmura-t-il.

Il grimpa le premier, mais, une fois le dernier barreau franchi, il s'aperçut qu'il n'y avait pas de fenêtre. Il faisait noir comme dans un four. Il avança à tâtons et se cogna contre des poutres. Il lâcha plusieurs fois un juron à voix basse, se massa le front et reprit sa progression sans arriver à savoir s'ils se trouvaient au-dessus de la salle à manger.

Tout à coup, il remarqua que de la lumière filtrait d'un interstice au sol. Il se mit à genoux et retint son souffle. Kim et Julien l'imitèrent. Léo se pencha et jeta un coup d'œil entre les deux madriers. Bingo ! Ils pouvaient voir le restaurant ! Elpida n'était plus là ; en revanche, une serveuse portait en cuisine un plateau chargé de restes. Elle réapparut, étouffant un bâillement, puis elle prit la lampe à huile et sortit. La pièce fut plongée dans le noir.

– Attendons un peu, suggéra Léo tout bas.

Julien et Kim acquiescèrent.

– J'espère qu'Elpida va se décider…, soupira Kim au bout d'un moment.

Kija, installée contre elle, se laissait langoureusement caresser sous le cou. Depuis combien de temps attendaient-ils ? Une demi-heure ? Davantage peut-être ?

– Pff, ça devient ennuyeux, gémit Julien.

– Chut ! ordonna Léo.

Un léger grincement venait de briser le silence et une lueur apparut dans la pièce. Léo colla son œil à la fente. Elpida ! L'aubergiste déposa une lampe sur la table située juste au-dessous d'eux, retourna vers la porte, attendit quelques minutes, puis alla s'asseoir près de la lumière. Ses doigts martelèrent le bois jusqu'à ce que des coups légers, mais énergiques, résonnent dans la salle. Elpida se précipita pour ouvrir, et un homme se glissa à l'intérieur.

Les trois amis en restèrent bouche bée : c'était Cleoïtas !

– Salut, reine de la nuit, toi dont la beauté illumine les ténèbres ! déclara-t-il.

La jeune femme sourit :

– Ne me dis pas que les flatteries sont le seul but de ta visite tardive…

En guise de réponse, il jeta une bourse sur la table. Des pièces tintèrent.

– Un instant, fit l'aubergiste en disparaissant dans la cuisine.

Cleoïtas s'assit.

Dans le grenier, Kim, qui venait d'échanger un regard fébrile avec les garçons, grimaça :

elle était restée à genoux trop longtemps, et sa jambe gauche s'engourdissait. Elle avait des fourmis…

Elpida réapparut et posa un petit paquet devant Cleoïtas.

– Ceci devrait t'aider ! déclara-t-elle, confiante.

– Je l'espère bien, par Zeus !

Le lutteur la fixa un long moment, puis déclara :

– Il *faut* que ça marche !

La belle Grecque repoussa une mèche de son visage et murmura :

– Aie confiance dans le pouvoir des plantes, et dans la volonté des dieux !

Cleoïtas opina :

– On verra bien…

Kim avait de plus en plus mal à la jambe. C'était franchement insupportable, il fallait qu'elle change de position ! En serrant les dents, elle allongea son membre douloureux, et son chiton balaya le sol. De la poussière passa par la fente du plancher et atterrit en pluie sur le nez de Cleoïtas et d'Elpida ! Les battements du cœur de la jeune fille s'accélérèrent : comment avait-elle pu être aussi maladroite ?

– Il y a quelqu'un au-dessus ? gronda Cleoïtas.

L'aubergiste haussa les épaules :

– Ça doit être une souris !

– Une souris ? Ça m'étonnerait…

Les enfants n'osaient plus respirer.

– Je vais vérifier. Tu as ce qu'il faut pour monter ? demanda-t-il.

– Derrière la porte, fit Elpida en pointant le doigt vers la cuisine.

Il se leva et disparut du champ de vision des trois amis. Une minute plus tard, il était de retour avec une échelle.

– Franchement, tu te fatigues pour rien. Tu ferais mieux de boire un coup ! déclara l'aubergiste.

– M'ouais. Où est l'accès au grenier ? grogna Cleoïtas, laconique.

Elpida soupira et désigna un recoin que les enfants ne pouvaient voir d'en haut. Le cerveau de Kim bouillonnait : il fallait trouver une cachette… Et vite !

Ils entendirent les barreaux gémir sous le

poids du lutteur : encore quelques secondes, et il serait là. Tout à coup, Kija poussa un miaulement discret et fit mine de bondir. Kim sentit l'espoir renaître. Elle entraîna les garçons et suivit la chatte qui, les pupilles dilatées, se dirigeait à pas de velours vers un coffre abandonné dans un coin. Tremblants de peur, les enfants se recroquevillèrent derrière la caisse. Cleoïtas approchait… Kim envoya une prière muette au ciel. Tout était de sa faute et, s'ils étaient découverts, elle seule en serait responsable !

Les craquements cessèrent. Le Grec grommela quelques mots incompréhensibles, puis marcha sur le plancher. Soudain, il poussa un cri de douleur, suivi d'un juron : il venait de se cogner la tête.

– Laisse tomber ! lui cria Elpida.

– Tu as raison. C'était sûrement une bestiole…

Sur ces mots, il redescendit, et les trois amis poussèrent un soupir de soulagement.

Des bribes de conversation leur parvinrent, puis une porte claqua et le silence revint. Au bout de quelques minutes, Léo avança à pas feutrés jusqu'à leur poste d'observation. La salle était vide et la voie libre.

– Désolée d'avoir été aussi maladroite... Heureusement que Kija nous a sauvés ! murmura Kim en serrant la chatte contre elle.

– Ne t'en fais pas, ça peut arriver à tout le monde..., fit Léo, grand seigneur.

– L'important, c'est qu'on n'a pas perdu notre temps, enchérit Julien. On sait maintenant que Cleoïtas a acheté des plantes à l'aubergiste, probablement de la valériane, ou quelque chose du genre. Il s'est attaqué à Philanor et n'a pas l'intention de s'arrêter là. Maintenant, il faut réagir : Milon et Diotime sont certainement en danger...

8. La course de chars

Dès leur réveil le lendemain matin, les trois amis relatèrent les évènements de la nuit à Diotime et Milon.

–Quel chien, ce Cleoïtas..., gronda ce dernier en serrant les poings.

« Les avant-bras de Milon ressemblent à des marteaux de forgeron », se dit Julien, impressionné.

–Laisse-moi lui donner une bonne leçon, père ! fulmina le lutteur.

Diotime eut un geste d'apaisement :

–Garde ton sang-froid, mon fils. Ce que nos jeunes amis viennent de nous apprendre est certes très grave, mais nous n'avons aucune preuve que Cleoïtas nous veut du mal !

Milon écarquilla les yeux :

–Une preuve ? À quoi bon ?

–Nous ne pouvons agir sans certitude, or, nous ne savons même pas quelles herbes Cleoïtas a achetées à Elpida ! Non, plutôt qu'employer la force, il vaut mieux redoubler de prudence afin que personne ne puisse verser quoi que ce soit dans nos plats ou nos verres, expliqua Diotime patiemment.

Mais Milon avait du mal à renoncer à sa vengeance :

–Je t'en prie, laisse-moi tout de même le secouer un peu !

–Non ! Nous nous battrons au stade, en respectant nos belles valeurs sportives d'honnêteté et de dépassement de soi…, trancha l'aurige.

De mauvaise grâce, Milon se plia à la volonté paternelle.

Diotime leva les yeux au ciel :

–Cela dit, je suis vraiment déçu qu'Elpida se livre à ce genre de trafic… À présent, accompagnez-moi à l'écurie, je veux vérifier mon équipement une dernière fois.

Perdu dans ses pensées, il resta un instant silencieux avant de conclure :

– Cette course, par Zeus, je veux la gagner !

Les quatre chevaux chargés de conduire Diotime à la victoire semblaient calmes et détendus. Les enfants leur donnèrent du foin et des fruits frais, pendant que Diotime, Milon et Philanor contrôlaient les brides et l'élégant véhicule.

– Tout est en ordre ! Je n'ai plus qu'à présenter mon offrande à Zeus…

Les Détectives suivirent l'aurige jusqu'aux abords de l'Altis, où se trouvait un chapelet d'autels dédiés au roi des dieux. Diotime se recueillit en murmurant, puis déposa sur la pierre des bols de lait, des petits gâteaux au miel et du vin, puis il leva les mains vers le ciel, et récita une prière d'une voix solennelle. Enfin, il se redressa et déclara avec fougue :

– Maintenant, je suis prêt… Prêt pour le combat, pour la victoire et l'immortalité !

– Toi ? Laisse-moi rire !

Les mots avaient claqué comme des coups de fouet ; Cleoïtas et Arrachion, goguenards, étaient adossés à un olivier.

– Es-tu aussi prêt à mordre la poussière ? Car c'est ce qui va t'arriver, ô grand champion, quand je t'aurai ratatiné ! railla Arrachion.

– N'use pas ta salive pour rien, répliqua Diotime, glacial.

– Moi, à ta place, je n'aurais pas tourné le dos aussi vite à l'autel de Zeus : un petit surplus d'offrandes et une bonne dizaine de prières ne seraient pas de trop, car Milon et toi risquez fort d'avoir besoin du soutien des dieux dans les heures à venir !

Milon brûlait d'intervenir, mais son père le retint une fois de plus :

– C'est sur l'*hippodrome* que je vais donner une bonne leçon à Arrachion, dans quelques minutes. Quant à toi, mon fils, garde tes forces pour combattre Cleoïtas.

– Dommage ! regretta Milon, en suivant d'un œil noir les deux frères, qui disparurent en ricanant.

Diotime se dirigea vers l'écurie, où les enfants l'aidèrent à sortir les chevaux et le quadrige, puis se mit en route pour le champ de courses.

Celui-ci était situé juste à côté du stade, dont les deux flancs du mur sud avaient été aménagés pour les spectateurs : installés d'un côté, ils pouvaient assister aux compétitions d'athlétisme, et, de l'autre, aux courses de chevaux. La piste ressemblait à un anneau ovale jonché de paille mesurant environ sept cent quatre-vingts mètres de long et trois cents mètres de large. Elle était divisée en deux par une barrière en pierre avec, à chaque extrémité, une mince colonne à l'effigie de Zeus.

Le public survolté s'était déjà installé. Des vendeurs à la sauvette déambulaient dans la foule pour proposer de l'eau, du vin et des gâteaux.

– Regardez qui est là !

Léo désigna un homme portant une plume et un petit pot d'encre.

– Eupolos, en pleine discussion avec Telestas ! s'écria Julien.

Ils jouèrent des coudes pour les rejoindre.

– Soyez les bienvenus ! s'écria le médecin. Je viens de miser dix drachmes sur Diotime. Ce sera lui le vainqueur, j'en suis sûr !

Il se tourna vers Eupolos :

– Dépêche-toi d'enregistrer mon pari !

– C'est déjà fait ! rétorqua le bonhomme, froissé, avant de se diriger vers un autre joueur.

– Diotime est le grand favori. Il va gagner la couronne d'olivier et moi, un peu d'argent ! se réjouit Telestas, en se frottant les mains.

Il les conduisit jusqu'à Philanor et Milon, qui leur avaient gardé d'excellentes places. Les premiers quadriges se rangeaient déjà sur la ligne de départ. Chaque attelage se trouvait dans une sorte d'abri, séparé du concurrent voisin par de grosses cordes.

– Père a de la chance, il est juste au milieu : c'est parfait ! se réjouit Milon.

Les trois amis reconnurent Diotime à son chiton immaculé. Il était fièrement campé dans son quadrige, les rênes et le fouet entre les mains. Ses chevaux semblaient à présent nerveux et excités : ils ne cessaient de secouer leur tête altière et de piaffer.

Kija, quant à elle, s'était endormie en boule sur les genoux de Kim, indifférente, pour une fois, à l'agitation alentour.

– C'est curieux, les bêtes qui courent à l'extérieur ne sont pas attachées au char de la même manière que les autres, s'étonna Kim.

– Normal ! Elles doivent avoir du mou car elles guident l'attelage dans les virages. Le char doit contourner les poteaux qui se trouvent aux extrémités de la piste à chaque passage, et faire douze tours ! expliqua Philanor.

Un tonnerre d'applaudissements accueillit l'hellanodice chargé de donner le départ. Les trente auriges et leurs chevaux, qui frémissaient d'impatience, étaient désormais suspendus à son signal.

– Arrachion est à côté de père ! Pourvu qu'il n'y ait pas d'incident..., s'inquiéta Milon.

L'arbitre saisit l'extrémité de la corde qui retenait les chevaux et la tira d'un coup sec, libérant les concurrents, qui s'élancèrent sous les hurlements hystériques de la foule. Dans un énorme nuage de poussière, les quadriges foncèrent en direction du poteau marquant le tournant. Des coups de fouet et des ordres claquèrent ; certains attelages étaient déjà distancés.

–Regardez, Diotime est devant ! se réjouit Léo.

–Oui, mais Arrachion le talonne, tempéra Kim.

Diotime, les jambes écartées et les cheveux au vent, tenait fermement les rênes dans sa main. Il atteignit la borne le premier.

–C'est le passage le plus dangereux ! s'écria Philanor.

L'aurige négocia le virage au plus serré : le véhicule s'inclina dans la courbe, une roue en l'air.

–Fantastique ! s'écrièrent les trois amis.

Derrière Diotime, le chaos régnait. Plusieurs chars s'étaient rentrés dedans et des éclats de bois, des roues brisées, des chevaux et des cochers gisaient à terre. Les secours s'affairaient à grand renfort de cris : certains évacuaient les blessés de la piste, pendant que d'autres s'occupaient de rattraper les chevaux et de ramasser les débris des quadriges.

Diotime avait un peu d'avance, mais Arrachion fouettait ses montures sans relâche.

–Quelle brute, s'indigna Kim.

Mais la méthode s'avérait efficace : le quadrige d'Arrachion gagnait peu à peu du terrain.

– Plus vite, Diotime, plus vite ! hurla Julien.

Dans un galop effréné, les deux concurrents foncèrent vers le poteau planté au niveau de la ligne de départ. Diotime effectua de nouveau un virage impeccable, sans toutefois réussir à distancer Arrachion, collé à ses roues.

– Ça tourne au duel, murmura Philanor.

Les auriges de Crotone se livraient en effet un combat sans merci sous les cris d'encouragement et les sifflets du public. Malgré son talent, Diotime ne parvenait pas à se débarrasser de son rival. Au troisième tour, ils doublèrent les derniers quadriges du peloton. Il ne restait plus en course que la moitié des équipages ; les autres avaient eu un accident ou un problème matériel. Alors qu'ils attaquaient le dernier tour, Philanor blêmit :

– Oh, non, le char de père ralentit…

– Ne t'en fais pas, c'est sûrement une stratégie, le rassura Milon.

Il se trompait : Arrachion se rapprochait de

plus en plus de Diotime et finit par le rattraper. L'espace d'un instant, les spectateurs eurent l'impression que les deux quadriges se touchaient, tant ils roulaient collés l'un à l'autre.

Arrachion donna du fouet. Horrifiés, les enfants s'aperçurent qu'il cherchait à cravacher son adversaire… Ce dernier parvint à éviter la lanière en se baissant au dernier moment, puis il para le coup suivant en se servant du manche de son fouet comme d'une épée.

– Attention au virage ! cria Philanor.

Mais Diotime maîtrisait la situation : comme lors des précédentes manœuvres, il se pencha vers l'intérieur et tira sur les rênes pour faire basculer son quadrige sur une roue. Tout à coup, un craquement terrible retentit, et l'essieu du véhicule se brisa net. La roue se détacha et glissa sous le quadrige, le faisant chavirer sur le côté. Éjecté, Diotime atterrit sur le sol et se protégea instinctivement la tête avec ses bras. Le quadrige d'Arrachion le frôla d'un cheveu.

– Quelle horreur ! gémit Philanor, épouvanté.

– Vite, il faut aller à son secours, hurla Telestas.

Ils se faufilèrent parmi la foule survoltée, tandis qu'Arrachion volait vers la victoire, une main levée vers le ciel en signe de triomphe. Lorsqu'ils arrivèrent jusqu'à Diotime, il venait de se relever et regagnait le bord de la piste, soutenu par deux hommes. Le quadrige disloqué fut poussé de côté et les chevaux rattrapés.

– Grâce à Zeus, tu n'as rien de cassé ! soupira Milon avec soulagement.

– Si ! Ce maudit essieu, et c'est bien pire qu'une jambe brisée ! Comment est-ce arrivé, alors que j'avais le meilleur matériel ? Je n'ai

jamais eu de problème avec mon équipement… C'est incroyable !

Léo lança un regard appuyé à ses amis.

– Réjouis-toi plutôt d'être encore en vie ! Viens t'asseoir, je vais regarder tes blessures, déclara Telestas.

Diotime se laissa examiner à regret. Effondré, il ne cessait de secouer tristement la tête.

– J'y étais presque… Pourquoi mon quadrige a-t-il lâché ? soupira-t-il.

Soudain, une gigantesque ovation retentit : Arrachion venait de franchir la ligne d'arrivée…

– C'est… C'est moi qui aurais dû gagner…, balbutia Diotime, au bord des larmes.

Telestas posa la main sur son épaule :

– Tu as de la chance, tes blessures sont superficielles. Rentrons à l'auberge pour que je puisse te faire un bandage.

– Si tu y tiens…, grommela l'aurige en se redressant avec peine.

Il demanda à Milon de veiller à ce qu'on emporte le quadrige à l'atelier. Le géant hocha la tête, mais, alors qu'il allait s'exécuter, Léo l'arrêta :

–Où se trouve cet atelier ?

–Juste derrière l'auberge, pourquoi ?

–Pour rien...

Milon haussa les épaules et tourna les talons.

Soutenu par Telestas et Philanor, Diotime prit le chemin du retour.

–J'aimerais bien jeter un œil au char, murmura Léo.

–Maintenant qu'il est en morceaux ? s'étonna Kim.

–Oui, justement ! Je trouve cet accident étrange. Diotime a dit que son matériel était de première qualité et qu'une telle mésaventure ne lui était jamais arrivée. Cet essieu n'avait aucune raison de se briser ! À moins que...

Julien comprit vite où son ami voulait en venir :

–Il faut qu'on l'examine à la loupe, et sans perdre une minute !

Malheureusement, Milon ne leur laissa pas l'occasion de s'échapper. Il leur ordonna de s'occuper des chevaux fourbus, puis d'aller chercher des plantes médicinales pour Telestas. Enfin, ils servirent le dîner de Diotime dans sa chambre et ne regagnèrent leurs quartiers que très tard. Là, épuisés, ils s'effondrèrent sur leurs lits.

– Ce n'est que partie remise. Demain, on s'occupera du quadrige..., souffla Léo avant de sombrer dans un sommeil sans rêve.

9. Une dangereuse chasse aux indices

Le lendemain matin, au petit déjeuner, l'atmosphère à la table familiale de Diotime ne fut pas aussi sombre que les enfants l'avaient redouté.

– Il nous reste une chance d'emporter la victoire, déclara l'aurige avec optimisme en donnant une tape sur l'épaule de Milon.

Celui-ci, qui tendait le bras pour attraper un autre bol de fromage de chèvre et d'olives, s'exclama :

– Je ne te décevrai pas !

– C'est sûr, tu vas gagner. Ton combat est prévu aujourd'hui ? demanda Kim.

Milon, tête renversée, éclata de rire :

–Aujourd'hui, par Zeus ? Oh là là, on voit bien que c'est la première fois que vous venez aux Jeux ! Aucune compétition n'est au programme le jour de l'*hécatombe,* le grand sacrifice que nous faisons à Zeus.

–Personne ne travaille, alors ?

–Bien sûr que non ! s'esclaffa Milon en dévisageant la jeune fille comme une bête curieuse.

Kim jeta un regard entendu aux garçons : si tout le monde était en congé, l'atelier dans lequel avait été déposé le quadrige de Diotime serait vide !

Ils se rendirent sur place et constatèrent qu'effectivement la porte était fermée à clef. Un homme les informa que le char ne serait réparé que le lendemain.

Ils firent vite demi-tour et rejoignirent Milon, Philanor, Diotime et Telestas qui partaient pour les festivités. Des gens affluaient de toutes parts en direction de l'Altis.

–Vous ne connaissez pas grand-chose à Olympie, n'est-ce pas ? leur demanda Milon en chemin.

Gênés, Léo, Kim et Julien secouèrent la tête.

–Les Jeux ont lieu à Olympie tous les quatre ans, à la cinquante et unième pleine lune. Le quatrième jour est celui de la grande offrande présentée à Zeus, leur expliqua le lutteur.

Ils avaient atteint la porte du sanctuaire, devant laquelle un véritable embouteillage humain s'était formé.

Tout à coup, des mugissements retentirent. Ils se retournèrent et virent un troupeau de bœufs couronnés de fleurs qui approchaient à vive allure en martelant le sol de leurs sabots.

–Arrière, faites place ! crièrent les bouviers qui accompagnaient les bêtes.

La foule s'écarta.

–Ce sont les cent bœufs qui vont être sacrifiés, leur expliqua Milon après le passage des animaux.

–Ils vont tous mourir ? demanda Kim, effarée.

–Oui, car les dieux l'exigent ! Venez, il est temps de nous installer.

Ils se mêlèrent à la cohue qui se dirigeait vers l'autel de Zeus. Situé devant le temple du dieu suprême, l'édifice cônique mesurait environ sept mètres de hauteur et reposait sur un socle rectangulaire. Des marches creusées dans le monument permettaient d'atteindre le sommet, sur lequel on avait construit une plate-forme ronde où brûlait un feu. Des prêtres, vêtus de longs manteaux blancs, se tenaient au pied de l'escalier. Des musiciens jouaient de la flûte et de la lyre devant un public recueilli.

Soudain, l'un des prêtres leva la main et la musique s'interrompit. Il récita une prière et implora Zeus d'un ton solennel :

– Accorde-nous ta divine protection ! Et, pour te remercier, laisse-nous t'offrir ces quelques animaux !

Il donna alors l'ordre de commencer le sacrifice.

Écœurée, Kim se détourna. Les cuisses des bœufs brûlaient dans le brasier. Une odeur âcre ne tarda pas à se répandre sur tout l'Altis.

Remarquant la mine horrifiée des enfants, Milon déclara :

– Il doit en être ainsi : cette épaisse fumée est le repas des dieux ! Plus tard, les prêtres mélangeront les cendres avec les eaux de l'Alphée. Ils obtiendront une boue qui, en se solidifiant, ressemblera à une sorte de mortier dont ils se serviront pour consolider l'autel et l'élever toujours plus haut, à la gloire de Zeus !

Il sourit, puis ajouta :

– Quant aux autres morceaux de viande, nous nous les partagerons ce soir, lors du banquet, qui durera jusqu'au bout de la nuit !

Léo et Julien hochèrent bravement la tête, mais, comme leur amie, ils ne supportaient plus de regarder l'horrible spectacle. Pour se changer les idées, Léo se mit à admirer le temple.

« Tout le monde est au repos aujourd'hui, c'est le moment d'en profiter ! » pensa-t-il. Il leur suffirait d'attendre que le vin ait coulé à flots pour pouvoir se glisser discrètement dans l'atelier et passer le quadrige de Diotime au peigne fin. Il souffla son plan à Kim et Julien, qui acquiescèrent aussitôt.

Lorsque les dernières victimes furent sacrifiées, les spectateurs prirent le chemin de la place où allait se dérouler la fête.

– Stop ! Je voudrais m'arrêter un petit

moment au temple…, s'écria soudain Diotime.

Les trois amis remarquèrent alors que les portes du sanctuaire étaient ouvertes. Ils suivirent l'aurige et pénétrèrent, impressionnés, à l'intérieur du monument. Le souffle coupé, ils se retrouvèrent face à une immense statue de douze mètres de haut. Installé sur un trône, Zeus, dont le corps était en ivoire, le manteau et les chaussures en or pur, portait une couronne de feuilles d'olivier dorée. Le dieu semblait calme, presque de bonne humeur, et fixait les enfants avec majesté de ses yeux en verre de Perse. Il tenait dans sa main gauche un sceptre en argent étincelant, au sommet duquel trônait un aigle, et dans l'autre une petite *Niké* couronnée en ivoire.

Les trois amis imitèrent Diotime qui venait de se mettre à genoux, et se plongèrent dans leurs pensées, tête baissée.

Julien se sentait minuscule devant cette statue colossale : pas étonnant qu'elle fasse partie des Sept Merveilles du monde ! Une fois encore, il mesura l'immense chance qui leur permettait de contempler une telle splendeur.

Néanmoins, il ne devait pas se laisser hypnotiser par cette effigie fascinante du dieu, car, au-delà des murs du sanctuaire, le criminel qui avait frappé la famille de Milon courait toujours. Ce dangereux personnage avait-il également saboté le char de Diotime ?

Il leur fallut attendre quelques heures avant de trouver la réponse à cette question. La nuit avait envahi l'Altis, et la pleine lune, ronde et blanche, éclairait le ciel étoilé. Des brasiers crépitaient ; on y rôtissait à la broche la viande des animaux sacrifiés, pendant que des cruches de vin passaient de main en main. Diotime, ses fils et le médecin prenaient une part active à la fête. Tous buvaient beaucoup, à l'exception de Milon, qui pensait à son combat du lendemain et préférait rester sobre.

Les enfants aidèrent les serveurs en portant des plateaux chargés d'alcool et de victuailles. Peu avant minuit, Diotime leur permit de se retirer.

–Ce n'est pas trop tôt ! s'exclama Kim, soulagée. Dépêchons-nous !

–Minute, il nous faut de la lumière !

Ils coururent jusqu'à l'auberge et prirent la petite lampe à huile qui éclairait leur chambre, puis ils foncèrent à l'atelier. Celui-ci se composait d'un vaste bâtiment principal et d'une remise spacieuse.

Soudain, un miaulement brisa le silence.

–Que se passe-t-il ? murmura Kim en se penchant vers Kija.

La chatte répondit par un feulement. Elle fixait un point derrière la bâtisse, près d'un olivier au tronc noueux. Avait-elle vu quelqu'un se cacher ? Kim eut la chair de poule et avertit les garçons.

Léo fit semblant de rattacher une lanière de sa sandale et en profita pour examiner attentivement les alentours de l'arbre, mais il ne remarqua rien d'anormal. Tout semblait paisible.

–Tu as dû te tromper, souffla-t-il en se relevant.

Ils firent le tour de la construction : la porte et les volets étaient fermés.

Déçue, Kim soupira :

–Zut, on ne peut pas entrer ! Qu'est-ce qu'on fait maintenant, les gars ?

Julien et Léo n'en avaient aucune idée.

Tout à coup, Kija miaula. Elle se faufila jusqu'à la remise et se frotta ostensiblement contre la porte. Se doutant qu'elle voulait leur indiquer quelque chose, les enfants poussèrent le panneau, qui grinça. Le cœur battant, ils avancèrent pas à pas dans l'obscurité. Un monceau de pièces en piteux état était entassé à l'intérieur : des roues brisées gisaient à côté de courroies en cuir usées et de tiges en métal tordues.

Kija fila droit vers une seconde porte, qui permettait d'accéder à l'atelier. Hélas ! elle était fermée à double tour.

Léo soupira et leva la petite lampe au-dessus de sa tête. Il y avait peut-être un autre moyen d'entrer…

Soudain, il écarquilla les yeux, siffla doucement et pointa l'index sur un recoin sombre :

–Regardez ! Il y a un quadrige là-bas !

Ils enjambèrent le bric-à-brac et constatèrent qu'il s'agissait du véhicule de Diotime. Sans perdre un instant, ils l'examinèrent de près. Rien ne manquait, pas même la bride. Comme le reste, elle n'avait pas été endommagée et ne portait aucune trace suspecte. Les roues aussi étaient intactes, même celle qui s'était détachée pendant la course.

Léo se coucha ensuite sur le dos pour vérifier l'axe brisé à la lueur de la lampe à huile.

–Non, il n'y a rien non plus ici… Si, attendez ! Là-dessous !

Julien et Kim s'allongèrent aussitôt près de lui.

Léo leur montra le bois :

–Regardez : l'essieu est quasiment scindé en deux, une fracture bien nette, comme dirait un médecin ! Et, là, vous voyez cette coupure verticale ?

Ils opinèrent.

–Ça ressemble à la trace d'une scie ! Voilà pourquoi l'essieu n'a pas supporté la course : il a été fendu… C'est du sabotage !

–Mais Diotime avait pourtant vérifié tout l'équipement avant le départ, et nous aussi ! s'écria Julien.

– Exact ! admit Léo.

Il réfléchit quelques instants en tirant sur le lobe de son oreille, avant d'ajouter :

– On s'est absentés quand Diotime a voulu faire une offrande à Zeus sur l'un des autels de l'Altis. C'est à ce moment-là que le malfaiteur a dû opérer.

– C'est fort probable ! Vite, il faut qu'on avertisse Diotime, s'exclama Kim.

Mais au même moment la porte de la remise vola, le vent s'engouffra et souffla la flamme de la lampe. Le clair de lune souligna alors les contours d'une silhouette qui s'encadrait sur le seuil. Le battant se referma en claquant, et la pièce fut plongée dans l'obscurité.

– Qui… Qui est là ? bredouilla Julien, paniqué.

Un sifflement sinistre lui répondit. Une flèche venait de se planter dans le quadrige ; puis des pas approchèrent…

10. L'homme de l'ombre

– Fuyons ! s'écria Julien.

Il s'élança, se cognant au passage contre le quadrige, et courut à l'aveuglette dans la remise, ses amis sur les talons. Il trébucha contre un objet et tomba. Sa main atterrit par hasard sur un morceau de métal : une barre de fer ! Sans réfléchir, il la lança en direction de leur agresseur. Un cri retentit, suivi d'un juron étouffé. Mais leur répit fut de courte durée : une vibration dans l'air signala l'arrivée d'une nouvelle flèche, et les trois enfants n'eurent que le temps de se jeter à terre. Ils ramassèrent tout ce qui se trouvait à leur portée : des pierres, une planche, et même un pot rempli de graisse lubrifiante, qu'ils jetèrent au hasard dans la pièce. À son tour, Kija passa à l'attaque : elle bondit en poussant un feulement menaçant, et des hurlements de douleur résonnèrent dans la nuit.

– Kija, viens là ! s'écria Kim, affolée.

L'ombre se glissa à l'extérieur, la chatte, bien décidée à ne pas abandonner la bataille aussi vite, à ses trousses.

– Kija ! hurla de nouveau Kim.

Cette fois, elle lui obéit. Soulagée, la jeune fille prit le félin dans ses bras.

– Tu as voulu lui donner une bonne leçon, n'est-ce pas ? lui demanda-t-elle à mi-voix.

Un miaou satisfait lui répondit.

– Qui… Qui était-ce ? Vous avez vu s'il s'agissait d'Arrachion ou de Cleoïtas ? bredouilla Julien.

Léo haussa les épaules :

– Non. Mais n'oublie pas qu'Elpida est suspecte, elle aussi, et elle peut avoir…

– Attendez ! l'interrompit Kim. Vous sentez ? On dirait l'odeur du feu… Vite, partons !

Ils allaient sortir, mais une épaisse fumée leur barra la route : leur agresseur avait incendié la porte avant de fuir et les flammes se propageaient rapidement.

– Il faut qu'on traverse ! hoqueta Kim.

– Pas ce mur de feu ! protesta Julien, affolé.

– On n'a pas le choix ! répliqua la jeune fille.

Elle serra Kija contre elle, mais, alors qu'elle s'élançait, Léo l'arrêta :

– Attention, ta robe et tes cheveux vont s'embraser !

– On n'a plus le temps, Léo…, hurla-t-elle.

Elle courut à travers les flammes, les garçons derrière elle, et ils en sortirent indemnes.

Des éclats de voix ne tardèrent pas à retentir : l'incendie avait été repéré.

– On ferait bien de s'éloigner ! Il ne manquerait plus qu'ils nous prennent pour des pyromanes…, fit Léo.

Ils s'éclipsèrent discrètement, tandis que les premiers secours arrivaient, dirigés par le propriétaire de l'atelier. Une chaîne humaine se forma, à laquelle se joignirent les enfants. Malheureusement, l'incendie s'étendait à la vitesse de l'éclair et la remise s'effondra bientôt dans un jet d'étincelles.

– Oh, non ! Adieu le quadrige…, se désola Léo, accablé. Encore une preuve qui disparaît…

– L'incendiaire a réussi son coup ! fulmina Kim, tout en passant un seau d'eau à son voisin.

Ils réussirent néanmoins à préserver l'atelier des flammes.

– Mon char ! Mon char ! clama soudain la voix de Diotime.

L'aurige et ses fils avaient été prévenus du désastre ; effondrés, ils fixaient les cendres fumantes de la remise.

– Perdre la course et casser un essieu n'était donc pas suffisant ! Il fallait en plus que mon char finisse carbonisé…, se lamenta Diotime.

– Cet incendie n'est pas un accident, affirma alors Léo.

Et il lui raconta ce qu'ils venaient de découvrir.

– Par Zeus, c'est incroyable ! Je ne connais que deux personnes au monde capables d'agir avec tant de bassesse : ce maudit Cleoïtas et son minable de frère !

– Me laisseras-tu enfin nous venger, père ? demanda Milon, plein d'espoir.

– Oh oui ! Et je vais même te donner un coup de main ! gronda Diotime.

Philanor essaya en vain de les stopper : déterminés, le père et le fils fonçaient vers le campement.

– Oh là là, ça va mal ! gémit le jeune coureur en leur emboîtant le pas.

Julien s'écria :

– Arrêtez ! Nous n'avons aucune preuve formelle !

Mais Diotime balaya l'objection :

– C'est évident, voyons ! Qui d'autre pourrait avoir intérêt à me nuire ?

Malgré l'heure tardive, le calme n'était pas revenu dans le village de tentes. De nombreux feux étaient encore allumés et les verres circulaient de main en main : la fête en l'honneur de Zeus battait son plein.

Cleoïtas et Arrachion avaient élu domicile un peu à l'écart, tout près d'un bosquet d'oliviers. Les deux frères, qui discutaient paisiblement à la lueur d'une torche, bondirent sur leurs pieds lorsque Diotime et les siens apparurent. Après un bref échange de regards haineux, l'aurige les apostropha avec véhémence.

–Pas la peine de mentir, maudites crapules ! La plaisanterie a assez duré..., leur cracha-t-il au visage.

Diotime et Milon serrèrent les poings ; tous les muscles du puissant lutteur se contractèrent. Le père et le fils s'avançaient, l'air menaçant. Néanmoins, ni Cleoïtas ni Arrachion ne bougèrent d'un millimètre.

–Non ! La violence ne sert à rien ! lança Kim.

Alors qu'aucun des protagonistes ne lui prêtait la moindre attention, la voix du médecin retentit :

– Elle a raison. Une bagarre serait la pire des bêtises !

Telestas les foudroya du regard :

– Que voulez-vous au juste ? Un combat à la vie à la mort ?

– Ils m'ont volé la victoire ! Ils ont détruit mon char ! À présent, ils doivent payer ! siffla Diotime.

Dans ses yeux couvait un feu inquiétant.

Telestas s'interposa bravement entre les quatre adversaires.

– Au nom de tous les dieux, avez-vous pensé aux conséquences d'un tel affrontement ? Veux-tu courir le risque d'être blessé, Milon, et de ne pas pouvoir participer au combat demain ? Crois-tu vraiment que ça en vaille la peine ?

Le colosse hésita.

– Bien sûr que non ! Allez, rentrons à l'auberge…, conclut le médecin.

Milon laissa retomber ses poings et leva la tête vers son père, qui opina et se détourna.

Les enfants remarquèrent à quel point le lutteur avait du mal à se contenir. Néanmoins, serrant les lèvres, celui-ci suivit Diotime, qui prit le chemin du retour, derrière Telestas et Philanor.

Quant aux enfants, ils se faufilèrent dans l'écurie et regagnèrent leur chambre.

– Heureusement que Telestas était là, sinon, on avait droit à un joli règlement de comptes ! Allez, au dodo ! Je suis vanné…, soupira Julien.

–Pas question ! J'ai une bien meilleure idée…, objecta Kim.

Les garçons la regardèrent, interloqués.

–Je voudrais espionner Cleoïtas et Arrachion. On pourra se cacher sans peine dans le petit bois auprès duquel ils sont installés. Avec un peu de chance, on parviendra même à se glisser sous leur tente quand ils seront endormis… Imaginez qu'on trouve un arc et des flèches à l'intérieur !

Léo et Julien approuvèrent son plan, et la petite troupe repartit sans perdre un instant. Kim avait raison : ils n'eurent aucun mal à se dissimuler derrière les larges troncs des oliviers ; de là, ils purent écouter Cleoïtas et Arrachion. Ceux-ci étaient encore assis dehors et bavardaient tranquillement en buvant du vin. Les enfants furent déçus : les deux athlètes parlèrent de la tactique que Cleoïtas comptait mettre en œuvre durant le combat, le lendemain, pour maîtriser l'invincible Milon et ne prononcèrent aucune parole suspecte.

Tout à coup, un craquement de branche sèche au fond du bosquet alerta les enfants.

Puis bientôt un second… Ils se tenaient sur leurs gardes, se demandant qui cela pouvait bien être. À cet instant, ils aperçurent quelqu'un qui s'approchait en courant de tronc en tronc. Sa silhouette ressemblait à celle de l'individu qui les avait surpris dans la remise. Ils s'accroupirent derrière leur arbre en se faisant les plus petits possible. Même Kija, blottie dans les bras de Kim, tremblait comme une feuille.

L'inconnu s'immobilisa, puis tout s'accéléra. Il fouilla sous sa cape et en sortit… un arc ! Une seconde plus tard, une flèche vibra dans l'air et un cri déchira la nuit. L'homme se retourna et disparut dans le petit bois.

Les enfants abandonnèrent aussitôt leur refuge pour se précipiter vers la tente des deux Grecs. Cleoïtas était à terre ; il gémissait en pressant ses deux mains sur sa cuisse gauche, dans laquelle le projectile était planté.

– C'était Milon ! Il a eu peur de combattre contre moi, alors il m'a tiré dessus ! glapit-il.

Des badauds s'étaient déjà rassemblés autour de lui.

–Il lui faut un médecin ! Vite, allons chercher Telestas, déclara Kim en s'élançant.

Puis elle ajouta :

–C'est fou ! Cleoïtas était notre suspect numéro un, et maintenant le voilà victime !

–N'oublie pas Elpida ! Quel est son rôle dans cette histoire ? On n'en sait toujours rien ! s'écria Julien.

Mais soudain, alors qu'ils approchaient de l'auberge, Julien s'arrêta net.

–Qu'est-ce qu'il t'arrive ? demanda Kim.

–Je crois que j'ai trouvé qui est notre homme…, souffla le garçon hors d'haleine. On sait que le coupable vient de Crotone, qu'il maîtrise l'écriture, ce qui, à cette époque, est vraiment très rare, et qu'il s'y connaît en plantes et en poisons… Ne cherchons plus, une seule personne correspond à ce profil !

11. Dure mission

– Le coupable, c'est Telestas !

En prononçant cette accusation, Julien prit conscience de la gravité de la situation. Mais plus il y réfléchissait, plus il était convaincu d'avoir trouvé la clef du mystère.

Ses amis le fixaient, ahuris.

– C'est impossible, voyons. Telestas fait quasiment partie de la famille de Diotime ! lâcha Kim.

Léo n'était pas plus convaincu :

– En plus, il n'a pas de mobile !

– Si, l'argent des paris ! s'écria Julien.

– Ton idée ne tient pas debout, rappelle-toi : il a joué les perdants ! Et Elpida, qu'en fais-tu ? Elle est suspecte, elle aussi ! rappela Léo.

Julien secoua la tête :

– Non, tout colle : Telestas est notre homme, je n'en démords pas ! Et puis, qui sait s'il n'a pas fait d'autres paris.

– Je ne comprends pas…, maugréa Kim.

– Pour ne pas se faire remarquer, Telestas a misé quelques drachmes sur Philanor et Diotime. Mais qui vous dit qu'il n'a pas engagé des sommes beaucoup plus importantes sur les vainqueurs ? En éliminant les favoris, il était sûr de récolter des profits consistants grâce aux outsiders !

– C'est un peu tiré par les cheveux…, protesta Kim.

– Et tu n'as aucune preuve de ce que tu avances, enchérit Léo.

– Pas encore, c'est vrai, concéda Julien. Mais, si ma théorie est juste, Telestas doit à l'heure actuelle disposer d'un beau magot. Et il n'y a qu'un moyen de s'en assurer !

Ils étaient arrivés devant le seuil de l'auberge.

– C'est quoi, ce moyen ? lancèrent Kim et Léo en chœur.

–Il faut inspecter sa bourse, chuchota Julien.

–Ça ne va pas, la tête ? Telestas la porte toujours sur lui !

–Pas quand il dort…

Le visage de Léo s'illumina :

–Tu veux qu'on s'introduise dans sa chambre et qu'on fouille ses affaires ?

–Oui !

Léo gonfla les joues :

–Rien que ça ? Et tu crois qu'on va y arriver ?

–Il faut d'abord conduire Telestas auprès de Cleoïtas. Il a besoin d'aide de toute urgence ! leur rappela Kim.

Ils coururent toquer à la chambre du médecin, qui sembla sincèrement affecté par la mésaventure de l'athlète. En chemin, les enfants, qui l'observaient discrètement, remarquèrent qu'il ne portait pas de bourse à sa ceinture, mais que son chiton formait une bosse au niveau de la poitrine. Était-ce là qu'il cachait ses drachmes ?

Il apporta les premiers soins à Cleoïtas. Il retira tout d'abord la flèche de sa jambe, puis nettoya la plaie et confectionna un bandage.

Une fois qu'il eut terminé, il déclara :

– C'est une grosse entaille, mais tu as eu de la chance car j'ai l'impression que les muscles ne sont pas touchés !

– Que Zeus en soit remercié ! Je pourrai combattre demain, alors ? s'exclama Cleoïtas.

– Il n'en est pas question, déclara froidement le médecin avec un geste de la main.

– Mais si, il le faut ! insista l'athlète.

– Non, la plaie se rouvrirait dès les premières secondes de la compétition.

Le lutteur s'obstina, comme un petit enfant capricieux :

– Je veux faire ce combat ! Je le veux !

Telestas leva les yeux au ciel :

– Mon pauvre, cette blessure te condamne d'avance ! Ne le comprends-tu donc pas ?

Cleoïtas hésita un moment.

– Si, murmura-t-il enfin. Mais j'exige qu'on enferme ce chien de Milon ! C'est lui qui m'a tiré dessus !

– Ne dis pas n'importe quoi, par Apollon ! Tu n'as pas vu le visage de l'archer ! s'écria l'un des témoins.

Le lutteur se résigna à regret à son triste sort. Telestas se redressa en soupirant, salua l'assemblée et regagna l'auberge.

Les enfants attendirent un peu avant de lui emboîter le pas.

– Il va poser sa bourse en allant se coucher. Attendons qu'il soit endormi et introduisons-nous dans sa chambre ! proposa Julien.

Kim crut avoir mal entendu :

– Nous ?

– Oui, enfin je veux dire *l'un* d'entre nous…, précisa le garçon.

– Tu as raison, une seule personne suffit. Tu veux y aller ? lui lança la jeune fille.

Julien eut un sourire forcé. C'était logique qu'il y aille, puisque c'était son idée ! Mais, maintenant qu'il fallait passer à l'action, l'angoisse le submergeait. Comment allait-il s'y prendre pour pénétrer dans cette pièce ?

Léo lui tapa sur l'épaule :

– Allez, ne t'en fais pas, vieux, je m'en charge. Kim et toi ferez le guet. Vous avez vu la taille du renflement sous son chiton ? Il devait y en avoir des pièces, là-dessous !

Julien, soulagé que Léo se soit proposé, poussa un grand soupir.

Les trois amis se retirèrent dans leur chambre et attendirent que le silence règne enfin. Léo ouvrit alors la porte et jeta un coup d'œil dans le couloir. La voie était libre. Ils sortirent sur la pointe des pieds, traversèrent la salle à manger, jusqu'à la chambre de Telestas. Kim et Julien prirent leur poste de surveillance pendant que Léo se penchait sur le trou de la serrure. La pièce était plongée dans l'obscurité. Le cœur battant, le garçon actionna la poignée. Fermée à clef ! Il restait la fenêtre…

Il fit signe à Kim et Julien, et tous trois se glissèrent dans l'arrière-cour ornée de petites statues de divinités et d'un jet d'eau. En observant les ouvertures qui donnaient sur la cour, ils trouvèrent vite celle qui correspondait à la chambre de Telestas. À cause de la chaleur de la nuit, le médecin l'avait laissée ouverte !

Léo regarda autour de lui pour s'assurer que seuls Kim, Julien et Kija étaient témoins de la scène, puis il prit une profonde inspiration et sauta sans bruit sur le rebord étroit de la fenêtre. À l'intérieur, malgré le clair de lune, il distinguait à peine les contours d'un lit, visiblement occupé, et une sorte de table de nuit sur laquelle, lui sembla-t-il, étaient posés quelques objets.

Léo eut des sueurs froides. Il n'avait pas le choix : il fallait qu'il entre. En prenant mille précautions, il se laissa glisser de l'autre côté et avança dans la pièce. Dieu merci, les légers ronflements provenant du lit couvraient le bruit de ses pas.

Une bourse en cuir fin avait été déposée sur la petite table ! Il étendit tout doucement les doigts et tira sur le lien qui la fermait : des pièces brillèrent dans la nuit. Un frisson lui parcourut le dos : Julien avait raison, Telestas disposait bien d'une grosse – très grosse – somme d'argent !

12. Piégés !

Le lendemain matin, le réveil fut difficile : les trois amis étaient tellement excités la veille qu'ils avaient tardé à trouver le sommeil.

Kija, qui semblait en meilleure forme que ses maîtres, s'étira aux pieds de Kim.

– Même si Telestas a beaucoup d'argent, ce n'est pas la preuve qu'il est coupable ! déclara Kim en bâillant.

– Non, hélas ! J'ai peur pour Milon : il est en danger, car c'est le favori de l'épreuve de lutte ! Si Telestas espère s'enrichir grâce aux paris, il va miser sur un outsider et s'arranger pour faire perdre Milon, spécula Julien.

– On a un peu de temps devant nous. La

compétition ne commence que cet après-midi, fit Léo en se levant.

– Toi, tu as quelque chose en tête ! lâcha Julien.

– Il faut prouver que la fortune de Telestas vient des paris. Vous vous souvenez d'Eupolos, le bookmaker ? Il pourrait sûrement nous aider… Mais comment ? soupira Léo.

Kim claqua des doigts :

– J'ai une idée, les gars ! Vous savez qu'il enregistre toutes les mises des joueurs… Eh bien, nous n'avons qu'à mettre la main sur ses notes : on y trouvera sans doute la trace des paris de Telestas !

Ils consacrèrent la matinée aux soins des chevaux, pendant que Kija traquait les souris dans la paille. Ils terminèrent leur travail en milieu de journée et, personne ne leur ayant confié de nouvelles tâches, ils purent rejoindre le stade et partir à la recherche d'Eupolos. Comme d'habitude, les compétitions avaient attiré une foule compacte. Les enfants enragèrent d'avoir manqué l'épreuve de course à pied, qui venait de s'achever sous les vivats.

Ils errèrent un moment dans le public sans parvenir à mettre la main sur le Grec.

Soudain, Kija miaula et partit dans la direction opposée. Ils la suivirent, car elle avait souvent le don époustouflant de leur venir en aide dans les circonstances les plus difficiles. Ce fut le cas, cette fois encore : elle les conduisit jusqu'à l'étal d'un marchand de confiseries devant lequel Eupolos attendait le client, sa tablette de bois en bandoulière.

Kim s'approcha et demanda, un sourire engageant sur les lèvres :

– Les affaires sont bonnes ?

Eupolos la toisa du regard :

– Ça ne te regarde pas !

Puis il sortit la plume qu'il avait glissée derrière l'oreille.

– Tu veux parier sur un athlète ?

– Peut-être..., répondit la jeune fille, évasive.

– Dans ce cas, on peut s'entendre ! lâcha Eupolos.

Kim se rappela soudain qu'elle n'avait pas la moindre drachme sur elle et, sentant le rouge lui monter aux joues, elle eut un petit ricanement nerveux :

– J'aimerais d'abord savoir qui est le favori à la lutte !

– Milon, bien sûr !

– Telestas a dû miser sur lui, alors ?

Les yeux du Grec se rétrécirent.

– Tous les paris sont confidentiels, par Arès !

– Je comprends, fit Kim.

Elle se tourna vers les garçons :

– Vous avez de l'argent ?

Julien et Léo secouèrent la tête.

– Vous me faites perdre mon temps ! gronda Eupolos en levant les yeux au ciel.

Mais soudain son visage s'éclaira :

– Ah, voilà un vrai joueur, cette fois !

Surpris, les enfants virent Telestas approcher. Il les salua aimablement et misa une petite somme sur Milon.

– C'est un bon investissement : Milon est imbattable ! déclara le médecin, gaiement.

Retrouvant un ton plus sérieux, il ajouta :

– Quel dommage que Cleoïtas ait dû déclarer forfait ! Le combat entre ces deux athlètes exceptionnels aurait été extraordinaire…

– C'est certain. Mais ne t'inquiète pas, la compétition sera belle tout de même, fit Eupolos en prenant note du pari de Telestas.

Puis il interrogea de nouveau les trois amis :

– Vous êtes décidés à jouer, oui ou non ?

Julien, Kim et Léo firent un petit signe négatif et s'éloignèrent. Ils se cachèrent derrière l'étal d'un marchand d'articles en cuir et espionnèrent Telestas et Eupolos. Les deux hommes discutèrent un moment, puis le médecin disparut dans la foule. Eupolos reçut encore quelques clients avant de quitter les lieux en direction des Zanes.

Les enfants échangèrent un clin d'œil complice et le prirent en filature. Le Grec se faufila à travers les grappes humaines, sortit de l'Altis et regagna le village des athlètes. Arrivé à proximité de la taverne de la belle Elpida, il disparut sous une modeste tente.

– Si seulement on pouvait consulter ses notes ! murmura Kim.

– Attention, le revoilà ! souffla Léo au même instant.

Il poussa ses amis derrière une charrette.

– Regardez, il n'a plus sa tablette ! fit Julien en montrant Eupolos, qui se dirigeait vers l'auberge.

– Il a dû la laisser à l'intérieur. L'occasion est trop belle, passons à l'action !

Avant qu'ils aient pu la retenir, Kim bondit et se glissa sous la tente. Les garçons se sentirent obligés de l'imiter.

– Oh, quel bazar ! gémit Kim.

En effet, le désordre régnait chez Eupolos : des vêtements traînaient par terre, un couteau et une assiette pleine de restes avaient été abandonnés dans un coin. Tout au fond, près de la deuxième ouverture, trônait un petit autel orné d'une statue en bois à l'effigie de Zeus.

– Ici ! s'écria Kim en pointant le doigt vers une pile de papyrus déposés à côté de la modeste natte qui servait de lit au propriétaire des lieux.

Ils déroulèrent aussitôt les rouleaux un à un. Des gouttes de sueur perlaient sur leur front ; ils avaient peur d'être découverts. Ils examinèrent fébrilement les notes du preneur de paris et enfin Kim mit la main sur ce qu'ils cherchaient : une liste soigneusement tenue de ses clients et du montant des sommes engagées.

– Regardez, voilà les mises de Telestas... C'est incroyable ! Quand il parie sur Philanor ou Diotime, elles sont minuscules, mais, quand il joue Arrachion ou d'autres, elles sont bien plus importantes ! s'exclama Kim, ébahie.

Julien pointa l'index sur le bas de la feuille.

– Eupolos a fait l'addition de ses recettes et des paiements effectués aux joueurs : le grand gagnant, c'est Telestas ! On tient enfin la preuve qu'on cherchait depuis longtemps ! Vite, filons ! lança-t-il en enroulant le papyrus.

Hélas ! Eupolos et Telestas les bloquèrent à la sortie. Kija réussit à se faufiler entre les jambes du médecin ; les enfants, eux, durent reculer de quelques pas.

– Alors, on fait moins les malins ! railla Eupolos.

La lame d'un poignard brillait dans sa main.

– Euh, on voulait juste..., commença Julien.

– Silence ! le coupa Telestas. Vous pensiez

que nous n'avions pas remarqué votre petit manège ? Eh bien, cette fois, les rôles sont inversés : c'est nous qui vous avons espionnés ! Vous ne croyiez tout de même pas qu'Eupolos était assez bête pour laisser traîner ses notes sans surveillance… La fête est finie, mes amis !

Kim désigna le papyrus :

– Tu as manipulé les compétitions pour gagner de l'argent avec tes paris !

Le médecin sourit :

– Bien vu, par Zeus ! Diotime ne paie pas mes services à leur juste valeur, alors je me suis assuré un petit revenu complémentaire, grâce à mon cher ami Eupolos ! Tout d'abord, il fait en sorte que ses clients jouent le plus d'argent possible sur les grands favoris, comme Diotime ou Philanor, ensuite il ne me reste plus qu'à miser sur leur concurrent le plus sérieux et m'arranger pour qu'il gagne ! Il me fallait un complice, sinon on aurait vite remarqué que je misais beaucoup moins d'argent sur les favoris que sur leurs adversaires ! Bien entendu, je partage mes gains avec Eupolos, mon indispensable associé…

Ce dernier, qui jouait avec le couteau, afficha un sourire satisfait.

– C'est vous qui avez tiré sur Milon et sa famille pendant qu'ils s'entraînaient ! s'écria Julien.

Telestas, moqueur, s'inclina :

– Je revendique cet honneur !

Kim plissa les paupières :

– Et tu as aussi versé une substance toxique dans le verre de Philanor, n'est-ce pas ?

– Exact ! La valériane, administrée à forte dose, possède un effet anesthésiant. Je ne voulais pas tuer Philanor, juste l'affaiblir. La valériane était donc exactement ce qu'il me fallait ! Il ne me restait plus qu'à choisir le bon moment pour verser discrètement la poudre dans son verre, ce que j'ai fait lorsque les musiciens sont passés devant la fenêtre...

Léo fit une grimace de dégoût :

– Comment as-tu pu commettre un acte aussi ignoble ? Diotime a été à son tour victime de ta cupidité : tu as scié l'essieu de son char !

– Eh oui ! Un excellent moyen d'offrir la victoire à ce brave Arrachion, qui ne s'est douté de rien ! J'espérais que Diotime ne prendrait pas le départ, trop effrayé par la défixion que j'avais déposée devant sa chambre. Mais, comme il ne s'est pas laissé impressionner, j'ai dû recourir à une méthode plus expéditive quand vous êtes partis faire une offrande à Zeus sur l'autel. Vos soupçons sont nés peu après. Heureusement, je me suis vite aperçu que vous m'observiez. À mon tour, je ne vous ai pas quittés des yeux et je vous ai vus vous introduire en pleine nuit dans l'atelier, probablement pour aller inspecter le char endommagé de Diotime…

Les enfants hochèrent la tête.

–Hélas ! Dans le noir, la flèche que j'ai tirée vous a manqués…

Un vrai regret pointait dans la voix de Telestas.

–J'ai tout de même pu éliminer les preuves en incendiant la remise.

–Et Elpida ? Quel est son rôle dans cette affaire ? demanda Léo.

Les deux complices le regardèrent, ahuris.

–Absolument aucun ! Je lui vends parfois

des remèdes que je lui fais livrer la nuit à l'auberge. Ce sont des mélanges à base d'argousier, de sureau et de gui, censés rendre plus forts ceux qui les absorbent. Elpida les revend aux athlètes, qui en sont fous : beaucoup disent qu'il leur serait impossible de vaincre sans ces potions ! Des lutteurs comme Cleoïtas, par exemple, le grand admirateur de Milon, en sont de fidèles consommateurs !

– À propos de Cleoïtas, pourquoi l'as-tu blessé ? fit Julien.

– Parce que je ne savais pas qui, de lui ou de Milon, allait gagner le combat. Après avoir observé leur entraînement à Élis j'ai eu beaucoup de mal à trancher. Milon était probablement le meilleur des deux... Maintenant que Cleoïtas est hors course, je dois éliminer Milon. J'ai déjà misé une coquette somme sur un certain Colotès, qui, pour l'instant, n'a qu'une infime chance de l'emporter. Son heure de gloire ne va pas tarder à sonner !

– Assez bavardé, nous avons des affaires à régler..., lâcha Eupolos.

– Réglons son affaire à Milon, plutôt ! s'exclama Telestas en éclatant d'un rire gras, auquel se mêla celui d'Eupolos.

Mais ce dernier reprit vite son sérieux.

–Qu'allons-nous faire de ces trois mioches ? Veux-tu que je les tue ? proposa-t-il négligemment.

Les enfants échangèrent un regard affolé.

–Non, il vaut mieux les vendre sur le marché aux esclaves. Au moins, ils nous rapporteront quelque chose !

Eupolos acquiesça :

–Je les conduirai à Élis plus tard. Aide-moi à les attacher, puis à les jeter dans la charrette derrière ma tente. Ils ne gêneront personne là-bas !

Il attrapa Julien, plaqua le couteau contre la gorge du garçon, et se tourna vers Kim et Léo en déclarant d'un ton menaçant :

–Je vous conseille de ne pas broncher pendant que Telestas vous ficelle ! À la moindre incartade, votre ami paiera le prix fort !

Effrayés, Kim et Léo abandonnèrent toute idée de fuite et se laissèrent ligoter et bâillonner sans résistance. Puis ce fut au tour de

Julien. Pendant ce temps, les deux complices fignolèrent leurs plans.

– Récapitulons : je retourne auprès de Diotime et des autres pour ne pas éveiller les soupçons. Toi, tu te tiens prêt et tu tires sur Milon dès qu'il se met en route pour le stade, déclara froidement Telestas.

– D'accord, mais cette flèche va te coûter cher, mon ami ! répondit Eupolos, très professionnel.

Il saisit un arc et des flèches dissimulés sous sa natte et ajouta :

– Quand j'en aurai fini avec Milon, je filerai à Élis avec ces trois-là !

– Ainsi soit-il, par Arès ! Mais, avant, débarrassons-nous d'eux. La procession des lutteurs ne va pas tarder à commencer, dépêchons-nous ! le pressa le médecin.

Eupolos colla la charrette à l'arrière de la tente, et ils chargèrent les trois amis sur le plateau. Les enfants se retrouvèrent allongés au pied de deux *amphores*, incapables de bouger un orteil.

Julien était désespéré : désormais, ils étaient

à la merci de ces fripouilles et Milon allait être abattu par Eupolos…

Dans quelques minutes, les athlètes se mettraient en route pour le stade et traverseraient, sous une pluie de fleurs, la haie des spectateurs en délire. Parmi eux marcherait Milon, accompagné de son père, de son frère et de Telestas, le traître. Personne ne pourrait le prévenir qu'un archer, tapi dans la foule, attendait son passage pour sortir son arc et ses flèches et tirer…

13. La couronne sacrée

Julien tenta de desserrer ses liens, mais il avait beau tordre les mains dans tous les sens, c'était mission impossible. Ses amis en étaient au même point que lui.

Soudain, un miaulement familier leur redonna espoir. Kija bondit avec grâce dans la charrette et frotta sa truffe contre les jambes de ses maîtres. Kim tendit ses poings pour que la chatte mordille la corde, mais, à sa grande déception, elle se détourna, sans prêter attention aux marmonnements étouffés de la jeune fille muselée.

Le regard de Kija se posa sur Léo, puis sur Julien, et enfin sur les deux amphores. Elle se glissa jusqu'à la première, qui mesurait environ un mètre de haut, puis elle prit son élan, et se jeta contre le vase en argile, qui oscilla sans tomber.

Une étincelle brilla dans les yeux de Kim : elle venait de comprendre ce que l'astucieuse chatte avait en tête. Kija recula et bondit à nouveau sur l'amphore. Sa tentative fut cette fois couronnée de succès : le vase s'inclina, s'immobilisa un instant, avant de s'écrouler sur le plateau de la carriole en se brisant en plusieurs morceaux. Avec les pattes, Kija poussa l'un des débris vers la jeune fille qui, après quelques contorsions, réussit à l'attraper et à le caler pour s'en servir comme d'une scie. Elle rogna et lima la corde avec acharnement. Ses poignets la faisaient souffrir le martyre, mais elle s'obstina et ses efforts finirent par payer : ses mains étaient libres !

Soulagée, elle ôta son bâillon et libéra ses pieds, puis elle délivra ses amis.

– Qu'est-ce qu'on deviendrait sans toi ? souffla-t-elle à Kija en la serrant contre elle.

– Hé ! Ce n'est pas l'heure des câlins ! Il faut vite prévenir Milon, protesta Léo.

Le chant des flûtes parvenait déjà jusqu'à eux.

Ils coururent à l'auberge, où, malheureusement, ils constatèrent que Milon et les siens étaient partis !

Les trois amis se précipitèrent alors vers l'Altis[4], mais, dès la porte, la masse compacte des spectateurs les freina et ils eurent toutes les peines du monde à se frayer un chemin jusqu'au centre de l'enceinte sacrée, où une foule encore plus dense s'était rassemblée. Kim prit Kija dans ses bras pour lui éviter d'être bousculée.

–Milon doit être en tête ! Laisse-moi grimper sur ton dos, Léo ! fit Julien.

Ainsi perché, il eut une meilleure vue d'ensemble.

–Les lutteurs approchent du stade ! Je crois bien que Milon est au milieu du groupe, il n'y a que lui pour avoir une telle carrure ! s'écria-t-il en mettant sa main en visière.

---

4. Toutes les compétitions sportives se déroulaient en dehors de l'Altis, qui était un espace religieux. Ainsi, le stade et l'hippodrome se trouvaient à l'extérieur de ce sanctuaire (N.d.T.).

Avancer devenait de plus en plus difficile, car personne ne voulait manquer la dernière compétition de ces Jeux olympiques, et la marée humaine piétinait.

Ils se faufilèrent sous les bras d'un marchand qui tenait en l'air son plateau chargé de pâtisseries, contournèrent une charrette pleine de fruits, et se retrouvèrent face à un mur de spectateurs. En se hissant sur la pointe des pieds, ils s'aperçurent que le cortège des athlètes était presque arrivé. Seuls les derniers sportifs et un arbitre étaient encore visibles.

–Milon ! hurla Julien, désespéré.

Il n'obtint aucune réponse. Personne ne prêtait attention aux trois enfants et à leur chatte.

Affolé, Julien tourna la tête de tous côtés. Ils n'arriveraient pas à prévenir Milon, c'était trop tard. Mais ils pouvaient peut-être encore arrêter Eupolos ! À condition de le trouver… Soudain, oubliant le tumulte, le garçon se concentra, cherchant de toutes ses forces le lieu où se cachait leur ennemi. Pour tirer à l'arc, il avait dû se placer en hauteur, c'était une certitude. Julien regarda par-delà l'assistance, vers le stade. Tout à coup, ses poils se hérissèrent : les Trésors ! Dans un instant, les athlètes défileraient devant ces édifices sacrés, dont l'un des toits pouvait constituer une plateforme rêvée pour Eupolos.

Il fit part de son idée à ses amis et ils rebroussèrent chemin, avançant de plus en plus vite à mesure qu'ils s'éloignaient du centre de l'Altis. Ils contournèrent la foule et réussirent à atteindre les Zanes, situées au pied de la terrasse des Trésors. Ils constatèrent avec soulagement que les athlètes étaient bloqués par la multitude en liesse : ils disposaient donc encore de quelques précieuses minutes avant leur passage.

Julien leva les yeux sur les petits temples, mais ne nota rien de suspect. S'était-il trompé ? Les battements de son cœur s'emballaient. La musique se rapprochait de plus en plus.

Là ! Une ombre ! Il plissa les paupières et vit une silhouette se glisser derrière une statue de Zeus, sur le toit d'un Trésor. C'était Eupolos, ça ne faisait aucun doute ! Il alerta ses amis et tous trois se mirent à hurler à pleins poumons :

– À l'aide ! Un archer va tirer !

– Où donc ? Je ne vois rien ! fit un passant.

Julien ne prit pas la peine de répondre. Il se baissa et ramassa une pierre, qu'il lança de toutes ses forces sur la statue.

– Par Zeus, qu'est-ce qui te prend ? s'écria l'homme, choqué.

Mais Julien continua de bombarder la sculpture sans se laisser déstabiliser. Kim et Léo lui prêtèrent main forte, et, soudain, ils entendirent un cri de douleur : ils avaient atteint leur cible ! Un individu armé d'un arc et de flèches jaillit de l'ombre : Eupolos !

– Arrêtez-le ! hurla Kim.

Il y eut un moment de confusion, puis de solides gaillards empoignèrent Eupolos à sa descente du toit et le livrèrent à une patrouille de gardes.

– Que se passe-t-il ici ? interrogea leur chef.

Eupolos resta bouche bée en apercevant les trois amis qui s'avançaient pour expliquer la situation. Quand ils eurent terminé, il baissa les yeux et avoua.

– Ce n'est pas moi qui ai eu l'idée de tricher, c'est Telestas ! conclut-il, furieux.

Les soldats stoppèrent alors le cortège des lutteurs devant l'entrée du stade et arrêtèrent Telestas, abasourdi. Milon s'interposa, mais les enfants, qui avaient enfin réussi à approcher, lui révélèrent le double jeu du médecin. Leur récit laissa Diotime, Philanor et Milon pantois.

– Est-ce la vérité ? demanda Milon d'une voix sourde.

Telestas hocha imperceptiblement la tête.

Le lutteur grinça des dents et serra les poings.

– Laisse-le, ordonna son père.

– Et ta course, Diotime, et celle de Philanor ? Est-ce que l'on peut les recommencer ? fit Julien.

Diotime poussa un soupir :

– Non, ces incidents ont été voulus par les dieux, une course ne peut avoir lieu qu'une seule fois. Mais, dans quatre ans, c'est nous qui triompherons ! Quant à Telestas et Eupolos, leurs noms figureront sur l'une des Zanes !

– Que Zeus t'entende, père ! Et maintenant je

veux combattre ! gronda Milon en se tournant vers le stade, sous les acclamations de la foule.

Pendant qu'on emmenait les prisonniers, les spectateurs se serrèrent sur le grand talus bordant la piste. Les trois enfants s'installèrent à côté de Diotime et Philanor. Le père et le fils les avaient chaleureusement remerciés pour leur aide, mais à présent tous les regards étaient braqués sur les lutteurs.

La colère avait donné une énergie nouvelle à Milon, qui, plus déterminé que jamais, se jeta comme une bête sauvage sur le malheureux athlète qui lui faisait face.

– Celui qui touche trois fois le sol a perdu. Tous les coups sont permis, sauf crever les yeux…, leur expliqua Philanor.

Milon écrasa sans peine ses adversaires l'un après l'autre, jusqu'au combat final.

– Aïe, ça se complique… Colotès, le dernier adversaire de mon frère, est un sacré morceau ! lança Philanor.

Il avait raison. Les deux géants, aussi corpulents l'un que l'autre, se défiaient du regard, leurs poitrines nues et luisantes de sueur légèrement penchées en avant. Milon attaqua le premier : il lança la main vers l'épaule gauche de Colotès, qui se détourna pour l'esquiver en déplaçant son poids sur la jambe droite. Milon le déséquilibra aussitôt et Colotès s'écroula lourdement. L'hellanodice donna le point à Milon, sous les vivats de Diotime, Philanor et des enfants.

Colotès se releva avec fougue et se précipita sur Milon, mains en avant, pour lui attraper le cou. Avec une élégance que les trois enfants n'auraient jamais soupçonnée chez un tel colosse, Milon esquiva l'assaut, se baissa, attrapa les bras de Colotès et le fit tomber une nouvelle fois.

Deux points pour Milon.

Cette fois, Colotès eut l'air sérieusement déstabilisé. Il se remit péniblement debout, comme un ours blessé, et tituba vers son adversaire. La suite fut un jeu d'enfant pour Milon : il évita son adversaire, fit un brusque mouvement en avant et se retourna plus vite que l'éclair pour lui saisir le bras. Avant que le pauvre athlète n'ait eu le temps de réaliser ce qui lui arrivait, Milon le jeta par-dessus son épaule et l'envoya s'écraser à terre pour la troisième fois.

Le combat était gagné. Les spectateurs en liesse ovationnèrent le héros du jour : Milon de Crotone.

– J'en étais sûr ! Je savais qu'il l'emporterait ! s'écria l'aurige, fou de joie.

L'arbitre remit une branche de palmier à Milon, dont le visage rayonnait, puis tous les vainqueurs des Jeux se rassemblèrent et prirent la tête d'une procession solennelle qui se dirigea vers le temple de Zeus. Diotime, Philanor et les enfants, ainsi que la foule, les suivaient.

– Tout se termine bien, finalement, déclara Kim en chemin.

Elle était encore étourdie par les évènements qu'ils venaient de vivre en quelques heures : ils étaient passés du désespoir de ne pas réussir à démasquer l'auteur des lâches agressions, à la joie de marcher près d'un heureux vainqueur. C'était magique, comme un doux réveil après un long cauchemar.

Au temple, les athlètes s'alignèrent, puis les hellanodices rejoignirent à pas mesurés la table sur laquelle des rameaux d'olivier avaient été déposés. Le public observait à présent un silence recueilli en suivant la cérémonie de clôture des Jeux. Les arbitres formèrent des couronnes avec les branches d'olivier et appelèrent un à un les vainqueurs afin de leur remettre leur trophée. Les applaudissements, qui avaient repris, redoublèrent lorsque Milon s'approcha pour recevoir sa récompense. Il redressa fièrement sa tête coiffée de la modeste couronne et jeta un regard éperdu de bonheur à sa famille. Les enfants virent alors que des larmes coulaient sur son visage : Milon de Crotone, le grand champion, pleurait de joie…

Ils se retrouvèrent le soir à l'auberge pour célébrer sa victoire. La belle Elpida se réserva l'honneur de servir Milon, qui reprit quatre fois du ragoût de mouton. À présent, il caressait Kija, pelotonnée sur ses genoux, en écoutant les enfants expliquer pour la énième fois comment ils avaient réussi à démasquer Telestas et Eupolos. Ils préférèrent toutefois passer sous silence les soupçons injustes qu'ils avaient conçus à l'égard d'Elpida.

– Vous m'avez sauvé ! Pour vous remercier, laissez-moi vous offrir ceci…, fit le lutteur en avalant une gorgée de vin.

Les trois amis le fixèrent avec curiosité.

Il attrapa sa couronne et en détacha trois feuilles, qu'il tendit à Kim, Léo et Julien.

– On… On ne peut pas accepter, c'est trop…, bredouilla ce dernier.

– Si, prenez-les. Ce n'est que justice : je vous dois une partie de ma victoire ! insista Milon.

La fête dura longtemps ; au petit matin, tous partirent se coucher, à l'exception des Détectives, qui s'arrêtèrent devant la porte de leur chambre.

– Et si on retournait voir les moutons ? proposa soudain Kim en étouffant un bâillement.

– Tu parles de l'abri de notre arrivée ? Tu penses qu'il est temps de quitter Olympie ? fit Léo.

– Oui. Les Jeux sont terminés…

Julien soupira, les yeux rivés au sol :

– Je déteste ce moment. Pourquoi faut-il toujours quitter nos nouveaux amis ?

Léo, songeur, joua avec sa feuille d'olivier.

– On n'a pas le choix, tu le sais bien…, lâcha-t-il enfin.

Kija poussa un miaulement impérieux ; une étincelle brillait dans ses yeux émeraude.

– Kija aussi sent qu'il est l'heure de rentrer. Venez, les gars ! décida Kim en prenant la tête du petit groupe.

Ils rejoignirent le cabanon délabré et isolé où dormaient les moutons. Dès qu'ils eurent franchi le seuil, ils furent happés par un trou noir et Tempus les ramena à Siebenhann.

Derrière eux, à Olympie, trois petites feuilles, cueillies sur un rameau d'olivier sacré, s'envolèrent avec la brise nocturne.

14. Les couleurs de la victoire

Trois jours s'étaient écoulés depuis le retour de Kim, Léo et Julien. Les trois amis arpentaient le pavé inégal des rues de Siebenhann en compagnie de Kija, tout excitée par la promenade.

Ils allaient au *Venezia*, le meilleur glacier du monde. Le propriétaire de l'établissement avait profité du soleil pour installer des tables et des chaises sur la terrasse.

– Qu'est-ce que je vous sers ? La Spéciale Coupe du monde ? demanda ce passionné du ballon rond.

– Une glace en l'honneur du foot, alors qu'on ne parle que des Jeux olympiques ? s'écria Léo, étonné.

–Pas de problème, ce matin j'ai mis au menu la Coupe olympique !

–Et c'est quoi, au juste, cette Coupe olympique ?

–Une boule pistache, une boule citron et une boule fraise !

–Hé ! Mais ce sont exactement les mêmes parfums que ceux de la Spéciale Coupe du monde ! s'écria Kim après un temps de réflexion.

Un large sourire fendit le visage du glacier :

–Bien vu ! Ce sont les couleurs du drapeau de mon pays natal, l'Italie ! N'oubliez pas que nous avons gagné la Coupe du monde en 2006. L'Italie va encore rafler un paquet de médailles à ces Jeux !

Kim ricana :

–Mais bien sûr ! Si ça ne vous dérange pas, je préférerais tout de même une glace au chocolat, et une écuelle de lait pour Kija.

L'Italien, qui connaissait les préférences de ses fidèles clients, hocha la tête, puis il prit la commande de Léo et Julien.

Lorsqu'il eut tourné les talons, Léo sortit une feuille de papier de son sac à dos.

–C'est une liste de paris ? demanda Julien en riant.

–Non, c'est mon diplôme d'honneur. J'ai gagné les BJS ! répondit fièrement Léo.

–Félicitations, mon vieux ! Il ne te manque que le trophée du vainqueur !

–J'ai ce qu'il faut ! s'exclama Kim en fouillant dans son sac.

Elle sortit une guirlande de fleurs en tissu, la torsada, puis elle se mit derrière la chaise de Léo et couronna solennellement le champion.

Les Jeux olympiques antiques et leur superstar : Milon de Crotone

L'histoire d'Olympie débute il y a environ trois mille ans. Les premiers documents écrits répertoriant les vainqueurs des Jeux datent de l'an 776 av. J.-C.

L'origine du sanctuaire d'Olympie remonte, selon la *mythologie* grecque, à l'affrontement auquel se livrent Zeus et son père, *Cronos*, pour dominer le monde. Après son triomphe, Zeus est élevé au rang de dieu suprême.

Pour l'honorer, les Grecs construisent à Olympie un autel, puis un temple. Tous les quatre ans, une grande fête sacrificielle est organisée à la gloire de Zeus. Elle a lieu lors de la deuxième pleine lune suivant le solstice d'été, c'est-à-dire en juillet ou en août. Les cérémonies religieuses sont accompagnées de compétitions sportives, les Jeux olympiques, qui, au fil des siècles, prennent de plus en plus d'importance. Pour s'assurer de l'appui de Zeus, leur dieu protecteur, les athlètes lui présentent de multiples offrandes. À cette époque, les Jeux ressemblent à une véritable foire, un évènement social important, où les spectateurs se retrouvent pour festoyer, parier sur leurs champions et célébrer les victoires.

Pendant les Jeux, la « trêve sacrée » est proclamée. Elle permet à tous les participants, sportifs ou spectateurs, de se rendre sur les sites en toute sécurité, à l'aller comme au retour, et d'assister aux compétitions dans la sérénité. Plusieurs cités-États scellent un pacte, gravé sur un disque de bronze, stipulant qu'« Olympie est un sanctuaire. Tout homme pénétrant armé dans l'enceinte sacrée se rend coupable de sacrilège. Seront également considérés comme impies tous ceux qui ne s'opposeraient pas, dans la mesure de leurs moyens, à un tel forfait. »

Pour les habitants du monde grec, qui est alors divisé en plusieurs communautés indépendantes, les Jeux représentent une courte trêve pacifique dans des vies rythmées par des affrontements sanglants.

Les Jeux organisés à Olympie sont à l'origine des Jeux panhelléniques, qui ont lieu à Delphes (en l'honneur d'Apollon), à Némée (en l'honneur de Zeus) et à Isthme, où les concours sont dédiés à Poséidon.

L'athlète qui gagne sur les quatre sites reçoit le titre honorifique de périodonique. On remet au vainqueur d'une compétition une simple couronne de feuillage. À Olympie, elle est en olivier sauvage, l'arbre sacré ; à Delphes, elle est en laurier ; à Isthme, en pin ; et à Némée, en céleri. Le sportif victorieux obtient également le droit de faire ériger sa statue. De retour chez lui, il est accueilli comme un héros : il ne paie plus d'impôts, est logé et nourri aux frais de la cité, dispose en permanence de places d'honneur au théâtre, reçoit de nombreux cadeaux ou de l'argent, bref, il est totalement pris en charge pour le restant de ses jours. La deuxième et la troisième place sont considérées comme une défaite (les médailles d'argent et de bronze n'existent pas).

Les enjeux sont si importants que les athlètes, les juges ou les parieurs peuvent facilement être tentés de frauder. Mais les tricheurs sont sévèrement punis. Pour que leur forfait ne tombe pas dans l'oubli, leur nom est parfois gravé sur le socle de l'une des Zanes, les statues à l'effigie de Zeus disposées le long du chemin qui conduit au stade.

Pour participer aux Jeux, il faut être un homme libre d'origine grecque. Les esclaves et les malfaiteurs ayant commis de graves délits sont exclus. La plupart des athlètes sont issus de familles riches. Dans les dernières années des Jeux antiques, ils sont même devenus de vrais professionnels. L'entraînement est rude : il commence dans la ville natale du sportif, dix mois avant le début des compétitions. Cette période d'entraînement doit être obligatoirement respectée, et les concurrents doivent y consacrer quatre heures par jour. La plupart d'entre eux disposent d'un professeur particulier. Quatre semaines avant les Jeux, l'ensemble des participants se retrouvent à Élis. Les arbitres sont alors chargés de sélectionner les meilleurs d'entre eux, qui, ensuite, sont autorisés à se rendre sur le site d'Olympie, où ils concourent nus.

Le plus célèbre des athlètes antiques est Milon, le lutteur de Crotone, élevé six fois au rang de périodonique. La légende décrit Milon, enfant, comme un petit garçon plutôt fluet, servant souvent de souffre-douleur à ses camarades. Pour leur résister, il développe sa musculature en soulevant chaque jour un agneau nouveau-né à bout de bras. Grâce à cet entraînement exceptionnel, le lutteur reste invincible pendant trente ans ! De nombreux récits sont nés des exploits de Milon ; ils décrivent son appétit insatiable, évoqué par Léo au premier chapitre de ce roman, ou sa force spectaculaire, qui lui aurait permis, à sa sixième victoire, de porter lui-même sa lourde statue en pierre dans l'Altis. Pausanias, auteur grec né aux alentours de l'an 110 et mort vers l'an 180 ap. J.-C., raconte : « Il se ceignait le front d'une corde, comme si c'eût été une bandelette ou une couronne, et retenait ensuite sa respiration jusqu'à ce que le sang, en remontant, gonflât les veines de sa tête et rompît la corde[5]. » Ce n'est qu'en l'an 512 av. J.-C. que Milon est battu : il perd contre Timasithéos, un compatriote de Crotone, et meurt quelques années plus tard, probablement en essayant de déraciner un arbre.

Les Jeux olympiques resteront une fête très populaire jusqu'à leur interdiction en l'an 393 ap. J.-C. Cette année-là, l'empereur Théodose Ier, un fervent chrétien qui se méfie du monde grec et de ses nombreuses divinités, interdit les Jeux, qu'il considère comme un rite païen.

Les premiers Jeux olympiques contemporains ont lieu en 1896. Bien au-delà des compétitions sportives, le but de cette rencontre est de favoriser la compréhension entre les jeunes du monde entier. Aujourd'hui, on retrouve dans la cérémonie d'ouverture quelques rites empruntés aux Jeux antiques. L'hymne natio-

5. Pausanias, *Le Tour de Grèce*, l'Élide VI, 14, traduction de M. Clavier, 1820 (N.d.T.).

nal du pays hôte est joué, puis les athlètes grecs ouvrent le défilé des sportifs, qui se présentent groupés par nation. Le chef de l'État prononce ensuite quelques mots pour marquer le début officiel des Jeux. Pendant l'hymne olympique, le drapeau aux cinq anneaux entrelacés est déployé dans le stade et hissé sur un mât. Un athlète et un arbitre prêtent alors serment au nom de tous les participants. Enfin, un sportif de renom est chargé d'allumer la flamme dans une grande vasque.

GLOSSAIRE

Agon : du verbe *agô* (mener). Concours, en particulier sportif, et plus généralement lutte ou combat.

Alphée : fleuve au sud d'Olympie.

Altis : enceinte sacrée au cœur d'Olympie, délimitée par un mur et réservée aux monuments religieux.

Amphore : long vase à deux anses utilisé dans l'Antiquité pour stocker et transporter le vin ou l'huile.

Apollon : dieu grec de la lumière, de la musique et de la médecine.

Arès : dieu grec de la guerre et de la destruction.

Athlète : du grec ancien *athlos* : l'ouvrage glorieux, le concours. Sportif antique, particulièrement celui qui pratique l'athlétisme. Par extension, un athlète est également un homme fort et adroit aux épreuves sportives.

Aurige : conducteur d'un char de course.

Balbis : ligne de départ en pierre, légèrement surélevée et creusée de deux sillons pour caler la pointe des pieds.

Bouleutérion : bâtiment où se réunit la Boulè, le Conseil, dans les cités de la Grèce antique. Le Bouleutérion est l'équivalent de l'actuelle mairie.

Chapiteau : partie supérieure d'une colonne, sur laquelle repose le toit d'un temple.

Chiton : tunique de la Grèce antique de coupe droite, retenue aux épaules.

Cithare : instrument à cordes ressemblant à une grande lyre en bois.

Cronos : dieu grec, père de Zeus.

Crotone : ville de l'actuelle Calabre (Italie du Sud). L'antique Crotone fut fondée en 710 av. J.-C. par les Grecs. De nombreux athlètes célèbres, tel Milon, naquirent à Crotone.

Défixion : tablette en argile sur laquelle était gravé un texte destiné à l'envoûtement de son destinataire.

Delphes : ville grecque sur le golfe de Corinthe. La pythie y rendait des oracles au nom du dieu Apollon. Delphes organisait des jeux similaires à ceux d'Olympie.

Déméter : déesse grecque de l'agriculture.

Dionysos : dieu grec du vin.

Drachme : monnaie grecque en argent.

Élis : cité grecque située à cinquante-huit kilomètres d'Olympie. L'organisation et l'administration des Jeux, ainsi que l'entretien des lieux sacrés d'Olympie, incombaient à Élis, qui servait également de centre d'entraînement pour les athlètes avant les Jeux.

Hécate : déesse grecque de la magie, des esprits et des démons.

Hécatombe : dans la Grèce antique, sacrifice religieux de cent bœufs. De nos jours, ce mot désigne un massacre.

Hellanodice : arbitre antique.

Héraclès : héros de la mythologie grecque. Fils de Zeus et d'une mortelle, il est promu au rang de dieu de l'athlétisme (sport) et des voyages.

Hermès : dieu grec des marchands, des voyageurs, mais aussi des voleurs et de la gymnastique. Hermès est également le messager des dieux.

Himation : sorte de châle rectangulaire porté par les hommes, par-dessus le chiton.

Hippodrome : terrain aménagé pour les courses de chevaux.

Isthme : ville du Péloponnèse, renommée pour les compétitions sportives qu'elle organisait sur le modèle des Jeux d'Olympie.

Mastigophore : sorte d'huissier au service des hellanodices. Pendant les Jeux, il était chargé de fouetter les sportifs qui ne respectaient pas les règles.

Maza : bouillie composée d'un mélange d'eau, d'orge, de miel, de vin ou de lait.

Mythologie : du grec *mythos* : la parole, le récit. Ensemble de légendes relatant la vie et les exploits des dieux et des héros des mondes anciens.

Némée : ville du Péloponnèse, qui organisait

des compétitions sportives ressemblant à celles d'Olympie.

Niké : déesse de la victoire.

Olympie : ville sanctuaire de la Grèce antique dédiée à Zeus, située dans l'ouest du Péloponnèse. Les premières traces écrites des compétitions sportives qui s'y déroulaient remontent à 776 av. J.-C. Une olympiade désigne la période de quatre ans entre deux Jeux olympiques.

Papyrus : feuille servant de support d'écriture, réalisée avec l'écorce du papyrus.

Péloponnèse : presqu'île grecque d'environ 21 500 km^2, comptant aujourd'hui un million d'habitants. Célèbre pour ses nombreuses cités historiques, telles Olympie ou Sparte.

Périodonique : sportif vainqueur des compétitions dans sa discipline sur les quatre sites de Delphes, Némée, Olympie et Isthme.

Poséidon : dieu grec de la mer et des fleuves. Frère de Zeus.

Quadrige : char de course antique à un essieu, tiré par quatre chevaux.

Taxiarque : officier de rang élevé dans l'armée grecque.

Trésors : petits édifices en forme de temple, dédiés à des divinités (telle Olympe), dans lesquels sont conservées les précieuses offrandes faites aux dieux.

Zanes : ou colonnes de la honte. Sur ces colonnes surmontées d'une statue de Zeus, étaient gravés les noms des tricheurs aux Jeux olympiques.

Zeus : dieu suprême de la Grèce antique. Dieu de la lumière et de la foudre.

Zeus Horkios : statue de Zeus devant laquelle les athlètes prêtaient serment. Elle représentait un dieu vengeur, tenant un éclair dans chaque main. Tous les parjures, qui trichaient, essayaient de corrompre les arbitres ou n'observaient pas les règles, s'exposaient au sévère châtiment du dieu.